사랑의 파문

노자 · 아나키 · 꼬뮌

사랑의 파문
– 노자·아나키·꼬뮌

초판 1쇄 발행 2016년 6월 27일

지은이 신철하
펴낸이 황규관

펴낸곳 삶창
출판등록 2010년 11월 30일 제2010-000168호
주소 서울 마포구 대흥로 84-6, 302호

전화 02-848-3097
팩스 02-848-3094
홈페이지 samchang.or.kr

이 도서의 국립중앙도서관 출판예정도서목록(CIP)은 서지정보유통지원시스템 홈페이지(http://seoji.
nl.go.kr)와 국가자료공동목록시스템(http://www.nl.go.kr/kolisnet)에서 이용하실 수 있습니다.(CIP제
어번호: CIP2016014708)

사랑의 파문

노자 · 아나키 · 꼬뮌

신철하

삶창

사랑의 파문

세월호! 생명이 이렇게 헌신짝처럼 허망하게 취급되었던 시대
가 있었던가. 물적 풍요가 만개하고 사소한 욕망의 언어로 들
끓는 시대의 텅 빈 내면을 어떻게 이해해야 하는 것일까.『꽃
잎』(혹은 「저기 소리없이 한 점 꽃잎이 지고」, 최윤)에서도 그랬
던 것처럼, 정치가 그 한가운데서 신음하고 있었다. 실종된 정
치의 시대를 사는 시민의 마음을 엿보는 일은 무람하다. 사랑
이 부재하는 시대의 삶을 생각한다. 부유하는 시대적 담론의
화려함 속에 텅 빈 메아리와 마주했을 때의 낭패감은 현기증
마저 느끼게 한다. 찢겨진 영혼과 파편화된 지식의 욕망은 우
리시대를 향해 절규하는 외마디 비명처럼 허공을 맴돈다. 우

리는 시방 전면적인 삶의 위기에 직면해 있는 것이다. 어디서 부터, 무엇이, 도대체 어떻게 잘못된 것일까. 오늘의 한국 사회 전체가 짐승의 시대로 진입하고 있다는 느낌을 지울 수 없다. 야만적인 소음으로 들끓는 오늘의 삶은 그러므로 언제 폭발 할지 모르는 용광로처럼 위태롭고 불안하다. 삶 자체가 죽임 인 전쟁의 시대를 노자는 어떻게 응시했으며, 무엇을 고민했 을까. 그 짐승의 시대를 넘어서는 단서는 어디에서 구하고자 했을까.

　시대와 맞서는 두려움을 이기는 방편으로, 혹은 그 시대 로부터 도주하는 방법적 전략으로, 더 많은 시간이 흐른 뒤에 는 읽기의 리듬을 어렴풋이 감지하게 되면서, 가느다란 실핏 줄처럼 이어지고 있는 생명의 흐름에 대한 감각의 '리트로넬 로'를 예감하면서 도Tao의 아포리아aporia에 가까워졌다. 단언 컨대, 노자를 읽고 쓰는 일은 내가 감당할 일이 아니다. 그러 니 작업은 지극히 위태롭고 불안하며…, 그 와중에도 흡사 관 음의 상황이 연출하는 미묘한 감정 상태를 지속하는 마음, 향 유jouissance가 있었다. 그 에로스가 없었다면 돌팔매의 각오를 견디지는 못했을 것이다. 내 일은 근본적으로, 무엇보다 관행적 노자 해석과는 거리가 멀다. 분단체제 이후 즉 '통일이행기의 한국: 문학과 정치—에코 아나키' 프레임에 관한 지도를 그려가기에도 힘겨운 나로서는 외람되지만 이 토픽을 부여잡고 방황할 약간의 시간까지도 숨가쁘고, 그만큼 난감하다. 그러나, 그럼에도 어찌하여 불안을 견디는 리비도가 작동한 것일까. 아마도 그것은 노자 해석이 아니라 노자의 리듬에서 느껴지는 생명에 관한 모티브때문이라고 말해야 옳을 것이다. 약간의 변비를 통해 습득한 때 묻은 시간의 기록들을, 그 메모의 모티브들을 통해 전율과 쾌락을 경험하면서 노자를 숙주로 통일이행기의 한국현실과 정치구조에 대한 질문이 사유 과정의 턱밑까지 이르게 되었다. 그러니까 노자는 가혹하게 말하면 분단체제 이후를 설명하기 위한 또 하나의 사다리로 기능했다. 사다리는 올라간 뒤엔 걷어차 버릴 것이었다.

그렇긴 하지만 텍스트의 축을 만드는 일의 어려움은 노자 읽기의 가장 큰 곤혹스러움이자 이 짧은 아포리아를 오히려 『논어』를 읽을 때의 시간보다 더 긴 싸움으로 만들게 했다. 낭패이긴 했지만 노자 해석에 관한 싸움이 아니라 노자의 언어가 내포한 메타포가 초점이었으므로, 새로운 노자 읽기가 어디까지 가능할 수 있는가에 대한 퍼포먼스는 화석화된 그를 불러낼 수 있는 또 하나의 쟁점을 제공할 수 있을 것 같은 감상이 있었다. 직역하면, 이 땅에서 이루어지고 있는 노자 퍼포먼스를 일별하면서 느낀 감회는 광범위한 퇴행과 함께 어떤 답답함이다. 그 반감은 몇 새로운 기획을 용감하게 돌출시켰다. 그것은 전혀 우연이었다. 노자를 위해 노자에 뛰어든 것이 아니었으므로 오히려 더 투명하게 노자를 응시할 수 있었던 몇 '홀황'의 음화를 지울 수 없다.

분단체제 이후, 그러니까 통일이행기의 프레임을 축으로 텍스트를 저작詛嚼하는 과정에서 기획한 기본 프레임은 노자의 담론을 시적 언어로 환원할 수 있는 감수성의 함양이었다. 오늘날 이 땅에서 횡행하고 있는 인문(학)에 대한 열기는 명백히 반인문(학)적이다. 직언하여 인문(학)이란 무엇인가. 그것은 언어를 통해 이루어지는 퍼포먼스, 혹은 학문 수행이다. 언어에 대한 자의식은 인문주의자, 인문에 관해 발화하는 주체들이 습득해야 할 최초의 내면이다. 인문은 언어를 통해 실현되므로 인문에 관해 궁리하기 위해서는 그러므로 문학의 정독이 거의 필수이다. 특별히 모어mother tongue에 대한 성감대의 측면에서, 문학의 도구는 언어이다. 아니 그 언어는 도구를 넘어서는 도구이다. 그 자체로 목적이 되는 것이다. 그렇기 때문일까. 지금-여기의 언어는 자의성이 강한 잉여, 혹은 결여의 언어로 떠돈다. 그러니까 우리가 일상에서 사용하는 언어의 의미를 넘어서는 언어라는 것이다. 그 언어의 정수에 아마도 시가 있을 터이다. 시적 언어란 다시 말해 인문을 인문답게 하는 최종 심급의 언어인 셈이다. 날것의 언어, 생명의 언어, 여백의 언어, 잉여의 언어, 나아가 결여의 언어를 어떻게 재구축할 수 있을까. 무모할지도 모를 내면의 응시와 감수성의 혁명이 필요한 이유이다. 인문을 공부하기 위해서는 그러므로 언어적 자의식과 감수성의 혁명을 필연적으로 요구하게 되어 있다. 노자의 언어적 콘텍스트를 읽는 일이 바로 시적 언어의 회복과 맞물려 있는 이유이다.

주목한 것은 이와 함께 노자 81장의 아포리아를 어떻게 해체하여 하나의 완결된 텍스트로 재구조화할 것인가의 문제였다. 인문에서 놓치고 있는 언어적 결핍과 함께 지속적이며 광범위하게 노출되고 있는, 그래서 값싼 인문의 횡행을 반복하게 하는 요인 중 하나가 거칠고 낮은 수사학이다. 텍스트의 완성을 위한 기초는 글쓰기이며, 그 완성의 결과 또한 글쓰기로 수렴된다. 글쓰기의 핵심은 텍스트를 자신의 해석적 키워드를 통해 하나의 서사로 완결하는 일에 있다. 하나의 토픽, 하나의 완성된 텍스트로 완결하는 것이 수사학의 일차적 관건이며, 그것의 심미적 서술이 다음 단계의 구축이다. 이 과정은 궁극적으로 문화적 차원의 일이기도 하다. 우리 문화의 척박성과 단순성이 글쓰기의 단순성, 해석의 관습성을 반복하게 한 요인이라 해도 과언은 아니다. 그러니까 노자 읽기에서 지루함을 느꼈다면 그것은 토막난 사유, 파편화된 수사의 결과일 가능성이 농후하다. 후기 프로이트의 임상사례보고에서 드러나는 놀라운 풍경은 그가 정신분석(학)을 인문적 차원으로 끌어올렸다는 점이다. 그의 많은 임상기록들은 뛰어난 에세이, 나아가 한편의 흥미진진한 서사로도 손색이 없다. 그의 언어적 열망이 그를 더 나아가게 했다. 우리는 이를 인문적이라 말할 수 있다. 비극작가를 꿈꿨던 플라톤의 열망은 그의 정치적 집적물에서조차도 서사에 가까운 수사로 아로새겨져 있다. 레비-스트로스와 들뢰즈의 가장 뛰어난 저작은 거의 한편의 드라마나 아포리아에 가까운 텍스트로 읽힌다. 노자를 다시 재

독해보고 싶다는 은밀한 욕망의 충동은, 부끄럽고 한편 위험한 일임에도 불구하고, 이런 생각의 연장선상에서 일어난 것이다. 노자를 하나의 텍스트, 하나의 완성된 토픽이 되게하기 위한 부단한 상상력의 작동이 필요했다.

　세 번째는 노자를 생명의 어떤 흐름속에서 응시하는 것이다. 그럴 때 에로스와 정치는 리좀적 네트워크를 통해 통합된 서사를 완성할 수 있다. 생물학적으로 뿐만 아니라 하나의 종교와 사상사적 물음으로서도 노자는 생명의 철학으로 수렴 가능하다. 가령 노자 1장을 응시해보면 그것이 생명의 잠재성을 잉태한 언어라는 것을 직감하게 된다. 도/비도, 무명/유명의 대립쌍을 '현묘'로 수렴하는 과정에 돌출한 '중묘지문'은 언어의 이중구속성을 극적으로 압축하는 보기이다. 말하자면 대립은 그것을 초월하는 생명의 흐름이 전제되어 있기 때문에 가능한 것으로, 그 생명은 문으로 상징되는 여성의 자궁을 통해 벡터적 에너지로 나아갈 수 있는 맹아를 엿보게 한다. 그 모티브를 통해 우리는 2장에서 돌출한 '생이불유'를 주목할 수 있게 되는데, 생명을 전체적인 질서의 흐름 속에서 응시함으로써 노자의 언어는 궁극적으로 삶과 죽음을 하나의 커다

란 원환의 질서 속에서 운동하는 생명의 흐름으로 이해하고
자 하는 것처럼 보인다.

　마지막으로 노자 읽기에서 지속적으로 그리고 명시적으
로 강조하고 주목한 것은 에로스와 정치(/국가)다. 에로스를
이해하는 스펙트럼은 넓고 깊다. 사랑은 내 탐구 주제인 분단
체제 이후를 기획하고 설계하며 전개해나가기 위한 뼈대이다.
통일이행기를 넘어서기 위한 모티브인 셈이다. 이에 대한 이
런 저런 이해는 이 텍스트의 Ⅰ~Ⅳ장을 통해 산만하게 감상할
수 있을 터이다. 대체로 Ⅰ장은 플라톤과 노자의 에로스에 대
한 비교와 분석을 통해 그리고 홍상수의 한 편의 필름이 기술
하고 있는 시간의 분절과 미적 시간의 재구성을 통해, 그 재
구성이 들뢰즈식 잠재성을 어떻게 퍼포먼스하고 있는지를 경
험하는 과정을 통해, 마침내 3개의 텍스트가 수행하는 인문적
실천으로서의 에로스와 정치의 역동적인 관계를 읽을 수 있을
것으로 판단된다. Ⅱ장은 도와 언어의 은유로서의 이중구속을
다루고 있다. 그 수행 과정이 한국의 현재와 가까운 미래를
말하기 위한 것임은 췌언을 요하지 않는다. Ⅲ장은 분단체제
이후를 넘어서기 위한 정치적 변화, 나아가 새로운 국가의 프

레임에 대한 가능성, 그러니까 병영국가를 넘어서기 위한 하나의 가정을 점묘하고 있다. 이 모든 논의를 포괄하는 키워드는 노자다. 『도덕경』이 이 과정의 흐름에서 논어보다 더 정치적이며, 정치에 임하는 태도에 관한 교과서의 기능을 할 수도 있다는 암시는 텍스트 주석의 곳곳에 숨 쉬고 있다. 따라서 정치와 국가에 대한 '은밀한' 관심은 본문에서 다양하게 개진하고 있기 때문에 여기서는 생략하며, 책을 달리하여 개진되는 『에로스와 생명정치 – 노자 정치학의 기원과 향유』의 미시적 해석을 음미하거나 감상할 것을 권하고 싶다. 그 대신 노자에 전혀 다른 시각으로 입문하기 위한 몇 단상을 주마간산 격으로 첨언한다.

노자 언술의 키워드가 에로스라는 것을 읽기 위해서는 81장 전체를 하나의 완결된 텍스트로 해체 – 재구조화하는 기획이 필요함을 주문했는데, 이 과정을 거쳐야 우리는 노자의 에로스에 대한 전체적 통찰을 음미할 수 있다. 가령, 에로스의 모티브는 1장에서 맹아하여 6장에서 완성된 원론으로 작동하며, 이를 준거로 10장, 55장에 이르게 되면 미시적 각론의 차원에서도 현실 세계와의 놀라운 교감과 그에 상응하는 역동적 에너지를 분출하는 모습을 엿보게 된다. 도가 생명을 잉태한 잠재성의 에너지, 나아가 언어의 이중구속성을 은유하고 있다는 것이 1장을 읽는 기본 프레임이라면, 그 모티브를 제공하는 것은 '중묘지문'이다. 이 부분에 대한 거의 모든 해석이 '현묘하고 현묘해서 모든 신묘함이 나오는 문' 정도로 얼버무리고 있는데, 이는 노자나 왕필의 언술을 직역하는 태도 이상도 이하도 아니다. '중묘지문'은 여성의 자궁, 다시 말해 '온갖 신비한 것들이 태어나는 생명의 자궁 역할을 한다'로 해석해야 노자철학의 궁극이 생명의 철학일 수 있는 구체적 논변으로 성립할 수 있다. 그 해석이 6장과 리좀적 네트워크를 통해 생명의 흐름을 형성하게 되면, "여성의 은밀한 문(생식기)을 현빈이라 한다. 그것은 모든 생명의 뿌리로, 아무리 사랑하여도 늘 처음과 같다. 즉 에너지가 넘친다. 사랑 자체가 생명현상이기 때문이다"와 같은(비록 해석의 극단이라 해도) 놀라운 구체성에 도달하게 된다. 이 해석의 구체성과 농담 삼아 "골짜기의 신은 죽지 않으니 이것을 현빈이라고 한다. 현빈의 문은 천지의 뿌리라고 하는데 미미하게 이어져서 있는 듯 없는 듯 하면서도 쓰는데 힘들이지 않는다"를 비교·대조해 보라. 도대체 "골짜기의 신"은 무엇이며, "현빈"은 또 뭔지, "현빈의 문"은 더 난해해지며, "미미하게 이어져 있는 듯"한 것은 또 무엇이며, 그것이 왜 "쓰는데 힘들이지 않는"지, 온통 모호함 투성이다. 이것은 번역/해석이라기보다, 차라리 옮김이다. 독자는 절망하거나 극도의 혼란에 빠진다.

죽은 해석은 이유 없이 그런 것이 아니다. 번역은 최종심급에서 해석이 되어야 한다. 우리는 노자뿐만 아니라 모든 고전 강독에서 맥락의 단절을 경험함으로써 그것이 음풍농월 이상이 되지 못하는 것을 수다하게 목도해온 터이다. 이 맥락의 공유가 있기 때문에 10장을 에로스의 정치적 승화로 읽을 수 있는 동력을 얻게 된다. 다시 말해 정치에 나아가려는 자는 '천문개합 능위자호天門開闔, 能爲雌乎' 다시 말해 사랑할 때와 같이 은밀하고도 열정적이며, 순수하면서도 최고의 정성으로 임해야 한다는 해석이 가능하게 된다. 맥락적 독서와 해석의 전체성이 중요한 이유는(더 자세한 것은 『도덕경』 10장 어휘풀이, 정독, 해석을 차례로 탐독하기 바람), 그러니까 우리는 이를 통해 노자의 정치적 엄밀성이 사랑에 임하는 자의 마음, 그 깊이와 고요함, 정열과 순수의 태도를 겸비해야 겨우 나아갈 수 있는 일임을 구체적으로 간파할 수 있기 때문이다. 이 연장 선상에서 노자의 에로스는 55장에서 하나의 절정, 완성된 텍스트로 기능할 수 있는 가능성을 엿보게 하는데, "含德之厚, 比於赤子. 蜂蠆虺蛇不螫, 猛獸不據, 攫鳥不搏. 骨弱筋柔而握固, 未知牝牡之合而全作, 精之至也, 終日號而不嗄, 和之至也. 知和曰常, 知常曰明"을 "후덕함은 적자赤子(아이)에 비유된다. 가령 벌과 독사의 정력에 버금할 만하고, 맹금의 유연함과 강한 힘에 대적할 만하다. 그 부드러움과 유연함에서 나오는 강한 정기 때문에, 성교함에 정력의 최고 상태에 도달해, 온종일 괴상한 소리를 질러도 목이 쉬지 않을 정도로 교합의 절정을 이룬다. 그 교합의 짝을 찾는 것을 영원함이라 하고, 이를 경험하는 것을 날 새는 줄 모른다(궁극에 이르렀다)라고 한다"로 읽을 수 있는 개연성이 그것이다. 흡사 리좀의 구조를 취하고 있는 듯한 노자의 텍스트는 언어의 에로스, 에로스의 언어로 충만하다. 『도덕경』이 생명의 언어인 이유이다.

얄궂다. 노자 읽기의 끝에서 왜 사랑을 화두로 물었을까. 그것은 거친 내 글쓰기의 호흡과는 무관한 것이다. 마침내 국가에 관해 공상했다. 분단체제가 70년 이상 지속되는 가운데 나타난 현상 중 하나는 남·북한 공히 이를 과거가 아닌 현재와, 가까운 미래의 고착화된 사실로 받아들이고 있는 듯한 기묘한 정서이다. 광범위하게 번져있는 이 고약한 뉘앙스는 두 체제, 혹은 두 국가의 뿌리를 근본적으로 의심하지 않을 수 없게 한다. 그 의혹은 미워하면서 사랑하는 것, 두 여인 사이에 분열하는 실존의 어떤 내면과도 같은 것이라 할 수 있다.

다른 나라를 꿈꾼다는 것, 그 꿈의 사나운 모서리와의 싸움에서 나는 분열했다. 상실과 애상이 그 파편으로 튀어 사방으로 흩어졌다. 아우성이 메아리가 되어 돌아왔다. 윙윙거리며 고막을 휘젓고 나왔을 때 그 소리의 하모니가 기이한 감정을 연출했다. 이중구속된double bind 그 무엇이라고 말하는 것이 아마도 정확할 것이다. 분열된 내면, 가령 낭만주의를 촉매한 질풍과 노도sturm und drang를 관통한 것은 에로스였다. 그 사랑을 플라톤의 에로스는 로고스를 매개로 초월해버린 것처럼 보인다. 사실 플라톤은 작가를 욕망했다. 그 욕망의 좌절이 그의 사랑을 로고스의 언어로 나아가게 한 것처럼 보인다. 우리는 『심포지엄』Συμπόσιον에서 그 행로의 모티브를 발견한다. 텍스트의 지배소는 에로스이다. 아리스토파네스를 통해 진술되는 에피소드는 에로스의 절정이 얼마나 황홀한 생명의 에너지로 가득 차 있는지를 가감없이 보여준다. 그가 비극의 작가가 되는 순간인 것이다. 그러나 그는 여기서 결정적으로 디오티마의 소크라테스(로고스)를 취택한다. 이 선택은 플라톤의 결정적 사랑의 실패를 변명하기 위한 사다리로 작동하는 것처럼 보인다. 비극의 운명은 플라톤에겐 넘어설 수 없는 두려움이었던 것일까. 그는 그 견딜 수 없는 에로스를 대신해 애지愛知로 선회한다. 이 로고스는 유럽을 지배해 온 에너지이자 근대의 완성을 가능하게 했던 코기토cogito의 정신이기도 하다.

은밀하게 문을 두드린다. 노자도 그랬을까. 아마 아닐 것이다. 사실은 이 지점부터 질문은 시작된다. 나는 노자의 한계가 초월의 정치, 장막 뒤에 숨어 작동되는 사랑이라고 믿고 싶지 않았다. 지금-여기의 정치로 끌어 오기 위한 지난한 시간이 놓여 있다. 그 시간과의 싸움은 그러므로 그 시간을 사랑하는 일과 관계한다. 싸우고 할퀴며 물어뜯고 뒹굴다 마침내 겁탈당한 자의 운명, 그 운명의 시간들이 어떤 매듭으로 강렬하게 생명의 에너지를 분출함을 오히려 직감한다. 그래서였을까. 사랑의 흔적은 물어뜯고 할퀴며 뒹군 시간의 흔적으로 그 시간의 수레바퀴에 강렬하게 찍혀있다.

국가를 생각한다는 것, 다른 국가를 꿈꾼다는 것, 그것이 왜 노자의 사유 다발들에서 일어났는가. 수상함을 못이겨 논어를 다시 응시하고 난 후에도 그 생각을 지우기 힘들었던 것은, 데리다가 문자학grammatology이라 강조하였고 포스트 근대에 새기고자 했던, 이중구속의 나이테에 희미하게 드러난 시적 언어의 현묘함 때문이었다. 그 현묘함 속에 놀라운 에로스의 향유jouissance가, 무한한 생명을 향한 에너지가 숨 쉬고 있었다. 나는 턱밑까지 차는 숨을 헐떡이며 그 긴장을 견디기 위해 안간힘을 썼다. 낭패를 맛본 기획은 부활하고 있었던 것이다. 시적 에너지로 가득한 도Tao와 살갗을 맞대는 일은 어떤 황홀이다. 그리고 그것은 최적의 공상을 가능하게 한다. 우리 시대의 어떤 공상이 이토록 흥분되고 달콤할 수 있을지를 그래서 나는 생각조차 해본 기억이 없다. 그 강렬함이 온몸을 감싸고 전율케 할 수 있었던 것은 그것이 시적 언어poet language였기 때문이다.

왜 노자를 시적 언어로 환원하고자 했는가. 그리고 그 시적 언어가 왜 정치적 나아감의 가장 중요한 지배소가 되어야 하는지를 나는 특별히 강조하고자 했을까. 짐승의 시대와 그 짐승의 정치에 맞서는 유일한 방법은 짐승과 맞서 싸우는 것이 아니라, 그 짐승의 언어를 부끄럽게 하는 일일 것이다. 사랑이 그 언어에 살갗을 입힐 때, 사랑하는 이의 누추함이여! 발가벗은 자의 황홀함이여!

노자는 다르게 읽혀져야 할 뿐만 아니라, 시적 언어에 대한 싸움으로 시작해야 한다. 그 에너지가 노자를 읽는 힘으로 분출했다. 말하자면 이 직관적 응시는 그 리비도의 현현이라고 봐도 무방하다. 사랑이 맹아한다. 그 맹아로서의 사랑이 충만한 에로스의 경지에 이를 때 사랑은 정치와 한몸이 되고, 그 일란성 쌍생아가 노자를 지탱하는 사유의 구조라는 것을 직시한다. 노자의 에로스는 전쟁으로 날이 지새는 반생명의 시대를 향한 처절한 몸짓의 언어였던 것이다. 그 언어가 정치의 새로운 기획, 국가에 대한 다른 질문을 낳기 위한 지난한 시간과의 싸움을 요구하고 있다고 생각했다. 우리는 그 싸움을 들뢰즈적 사유에서의 혁명이라고 불러도 좋을 것이다. 내

안의 혁명으로부터 우리의 일상과 세계로까지 연쇄로 이어지는 벡터적 에너지의 운동성, 더 좋은 정치와 더 나은 삶을 향한 싸움을 우리는 생명의 운동이라고 불러도 좋을 것이다. 그 싸움은 그래서 자신의 삶을 사랑하는 운동의 다른 이름이다.

근본적인 질문이 던져진다. 무엇으로 살 것인가가 아니라, 어떻게 살아야 하는가를 먼저 물어야 한다는 긴박한 호소가 나를 거울에 비춰보게 한다. 그 나, 그 나의 내면, 나를 둘러싸고 있는 현실에 대한 직시가 먼저 '내 안의 혁명'을 요구하는 것처럼 보인다. 말하자면 노자의 언어는 그것을 위한 묵시적 율법처럼 다가왔다. 그 강령의 확산이 나에서 우리로, 우리에서 꼬뮌(마을)으로, 다시 국가로 향하는 질적 확산과 진화의 과정, 혹은 노마드적 에너지가 아니라고 말할 자신이 없을 것 같다.

노자를 퇴행적 교훈이나 값싼 보신, 종교로서의 샤머니즘적 선(禪 혹은 善), 얄팍한 정치적 음풍농월, 심지어 자신을 보호하거나 보양하기 위한 힐링으로 읽는 일은 우리와 우리의 문화 현실을 참담하게 한다. 좋다. 있을 수 있는 일이긴 하다. 그러나 거의 지속적으로 퇴행적 언어의 외피를 입고 행해지는 진부한 지적 태도의 반복과 문건의 확산은 지리멸렬을 넘어 살아있는 노자를 단단한 갑각류의 투구 속에 가두고 고문하는 것처럼 보인다. 죽이는 일인 것이다. 그러니까 우리는 대체로 노자를 죽이는 작업을 반복해오고 있었던 것이다. 그 책임은 일차적으로는 지식인의 몫인 것처럼 보이지만, 더 근본적인 자문은 우리의 문화적 척박성, 내면의 얇음에서 오는 악순환의 되풀이와 관계하는 어떤 것이다. 노자를 관행과 척박한 문화로 억압하는 한, 우리의 지적 향유는 갑옷 속에서 질식한다. 민중문화는 민중의 자발적 생성의 에너지를 통해 한 사회, 한 국가의 문화적 역동성으로 질적 확산을 향해 나아가야 이 관행의 문화, 관행의 사회, 관행의 국가구조로부터 이탈할 수 있는 에너지를 얻을 수 있다.

노자를 시적 언어로 복원하는 기획과 비전은 통일이행기를 응시하는 데 긴요한 방법적 지혜를 제공한다. 생명의 언어가 그것이다. 그 생명을 가능하게 하는 힘이 에로스임을 노자의 언어는 증언한다. 오늘의 사회와 나의 삶을 성찰할 수 있는 거울을 획득하게 되는 것이다. 그 거울의 그림자가 은밀하게 충동한다. 다른 삶을 향해 나아가야 하지 않는가. 그 소곤

거림, 그 에너지의 흐름이 우리를 이미 혁명의 길에 들어서게
한다.

내 안의 혁명, 그 거대한 전환의 언어, 그리고 마침내 사
랑의 파문!

2016 봄

불암 누옥 신철하

— 차 례 —

I.

사랑에 관한 연역,

혹은 인문적인 것의 학

〈자유의 언덕〉

극장에 갔다. 아직은 꿈이 있다. 아니 '정확하게' 에로스라고 말해야겠다. 발가벗은 아이가 부둥켜안고 "온종일 기괴한 소리를 지르는"¹ 정념의 이미지를 상상하는 것은 아찔하다. 생명으로 충만하다. 〈자유의 언덕〉(홍상수)은 그 생명에 관한 기이한 시간성을 내재하고 있는 필름이다. 기이성은 '권'이 '모리'의 편지를 읽다 갑자기 현기증을 느껴 편지 다발들을 계단에 흩뿌리는 지점으로부터 생성된다. 그렇다, 그것은 생성이다. 권의 시선이 흔들리고, 모리의 조바심이 극에 달하며, 그 벡터적 에너지가 삶을 불분명한 지평으로 끌고 간다는 점에서 그것은 분명 무엇이 '되기' 위한 지난한 운동의 시간(/시간의 운동)이다. 그 시간은 영화진행 동안 약 13번의 편지 읽기 씬scene의 반복을 통해 어떤 차이를 연출하고 있는 것처럼 보이는데, 우리는 그 차이를 들여다 볼 눈을 의심하거나, 그렇기 때문에 그 배치의 사이에 내재된 힘을 잘 알지(느끼지) 못한다. 그러므로 관건은 그 배치의 차이를 읽는 에너지 혹은 방법, 그 방법을 통해 도달할 수 있는 해석의 생명력이다.

이 필름이 홍상수의 다른 텍스트들과 비교할 때 더 뛰어나거나 결함이 많다고 하기는 어렵다. 단정하면 이 영화 또한 그답다는 표현이 정확할 것이다. '그답다'라는 의미를 더 구체적으로 설명하면 '시간'이라는 키워드를 영화 전개 과정에서 은밀하게 끼워넣고 있는 점, 이에 걸맞게 두 개의 에피소드, 즉 편지 읽기의 씬과, 흔히 영화적 시간이라고 말하는 담화적 시간의 카오스적 배치가 그것이다. 결론부터 말해 카오스적 시간의 배치로부터 [새로운 삶의] '환경'과 [그것을 지속하게 하는] '리듬'이 태어난다.[2] 즉 생명의 잠재성을 잉태한 삶의 미래를 엿볼 수 있게 되는 것이다.

그런 점에서 이 영화를 읽는 키워드는 13컷의 편지 읽기 씬에 대한 이해(해석)라고 해도 과언이 아니다. 13컷의 시퀀스는 영화적 시간의 분절이자, 독자(비평가)가 채워넣어야 할 의미의 공간이고, 영화가 시간예술이라고 말할 때 영화적 시간의 완성을 위한 기능을 수행한다. 어떤 방법으로 접근할 수 있으며, 에피소드와 에피소드를 연결하는 매개는 어떻게 찾아낼 수 있을까. 러시아 형식주의자들이 이에 대한 흥미로운 도구를 몇 던져주었다.

토도로프는 이야기의 기능단위에 해당하는 시퀀스를 정의하는 과정을 통해 이야기 배열과 변형이 가져오는 독서의 변화에 면밀한 가설을 만들고자 했다. 다른 동료들의 유사한 작업으로부터 영향을 받은 그는 서사 분석의 설득력을 높이기 위해 한편의 서사에 내재하고 있는 이야기의 원형을 찾거나 그것의 구조를 설명하기 위한, 슈클로브스키에 의해 시도된 바 있는, 대략 여섯 묶음 형태의 시퀀스가 연출하는 두 개의 대립쌍을 분석하는 과정을 통해 이른바 이야기의 변형이 상이성과 유사성의 카테고리 속에서 이뤄지고 있음을 간파한다.

그가 판단할 때 두 카테고리 중 하나만 있으면 이는 이야기라고 할 수 없는 담화의 유형에 지나지 않는다. 말하자면 단순히 연속적인 사건들의 관계는 이야기가 아니며, 궁극적으로 사건들은 유사성과 상이성에 의해 재구조화돼야 하는 어떤 것인 셈이다. 이를 설명하는 개념어가 이른바 파블라fable와 슈제sujet인데, 전자는 하나의 텍스트를 읽을 때 나타나는 수많은 사건들의 시간적, 인과적 연결에 의한 배열을, 후자는 이 사건들을 작가(감독)의 의도와 전략에 의해 그 시간적 인과성을 다시 재구조화한 텍스트이다.

이를 거의 원용함으로써 영화 해석의 밀도를 높인 채트먼은 '내적 독백'이나 '드러나지 않은 화자의 목소리'를 통해 한 편의 영화가 어떻게 시간과 공간의 여백을 만들어내고 의미를 채워넣을 수 있는지를 주목함으로써[3], 해석에 관한 근본적인 한계에도 불구하고 기왕의 형식주의(구조주의)가 안고 있던 맹점을 이월할 수 있는 약간의 모멘텀을 제공한다. 〈자유의 언덕〉이 서로 다른 환경과 언어의 갭을 메우고 하나가 되기 위한 두 젊은이의 내면을 그린 영화처럼 보였다면 그것은 피상적인 것일 것이다. 이 필름을 지배하는 잉여, 혹은 여백이나 결여의 배치라고 볼 수 있는 편지와, 담화적 시간을 스토리의 시간 혹은 해석자의 시간으로 재편집하는 과정이 제거된 감상은 공허하다.

담화/스토리 시간을 해체−재구조화하는 과정은 해석의
과정을 면밀하게 감각하는 시간이기도 하다. 영화의 담화적
시간을 아래와 같이 요약할 수 있다.

1) 권이 요양 후 지리산에서 돌아와 어학원(BCM)에 들른다.
   모리의 편지를 받는다.

2) 모리가 권을 만나기 위해 서울로 와 일본식 카페 '자유의
   언덕'에 들르다. 여주인 영선과 대화 나누다.

3) 권이 읽던 편지를 들고 학원 계단을 내려오다 현기증을 느
   낀다. 편지 흩어진다. 편지를 챙겨 카페 '자유의 언덕'에 들
   러 편지를 다시 읽는다.

4) 영선이 모리에게 자신의 개를 찾아줘 사례로 저녁을 산다.
   모리가 끼고 다니는 책(?)『시간』을 주제로 둘 사이에 많은
   대화가 오간다.

5) 카페에서 계속 편지를 읽고 있는 권.

6) 모리, 상원을 따라 경리단 길에 있는 카페에 들러 술을 마
   신다. 여러 대화가 오간다.

7) 편지 읽는 권.

8) 늦잠 후 구옥에게 아침을 요구하자 시간이 지났다며 거절
　　당한다.

9) 편지 읽는 권.

10) 권의 집에 그대로 붙어있는 모리의 메모를 확인한 후 돌
　　아와 잠이 든 모리. 그녀와 함께 갔던 냇가의 꿈을 꾼다.

11) 상원과 남희가 다투고, 모리가 말린다.

12) 편지 읽는 권.

13) 늦잠 자는 모리를 깨우는 구옥과 상원.

14) 상원과 모리, 술을 마신다. 권에 관한 여러 대화를 나눈다.

15) 모리, 게스트하우스에 돌아와 '하루 종일 당신 생각만 했
　　으며…… 만약 날 친구 이상으로 생각한다면 와 주세요'
　　라는 쪽지를 읽고 '자유의 언덕'으로 향한다. 사랑을 나
　　눈 후 돌아와 후회한다.

16) 늦잠 후 모리, 구옥과 행복에 관해 대화 나누다.

17) 편지 읽는 권.

18) 어학원에 들러 권의 소식을 묻고, 다시 권의 집에 들러 메
　　모를 남긴다.

19) 편지를 읽는 권.

20) 모리에게 처음 말을 건네는 상원. 규정 어긴 상원을 보자 모리가 구옥에게 항의한다.

21) 모리가 팬시점 앞에서 게스트하우스로 올라가는 남희의 뒷모습을 응시한다.

22) 권의 집에 붙여둔 메모가 그대로 있음을 확인한 후 돌아온다.

23) 모리, 영선과의 관계를 정리하기 위해 갔으나 실패한다. 사랑을 나누며, 화장실에 간다.

24) 편지 읽는 권, 우편 소인에 일주일 전 발송한 것을 확인. 카페에서 영선과 만난다.

25) 게스트하우스에 찾아가는 권. 구옥과 상원, 모리가 함께 저녁 후 돌아옴(광현으로부터 영선을 잘 구해줬다고 말하는 구옥). 모리와 재회하는 권.

26) 권과 함께 일본으로 떠나는 모리.

27) 일본에서 딸 하나, 아들 하나를 낳고 행복하게 사는 모리.

28) 모리는 앞마당 테이블에 앉은 채로 잠들어 있고, 영선은 모리의 방에서 일어난다.

이를 스토리의 시간으로 해체-재편집하면, 2→18→8→ 20→4→28→6→14→15→23→1→3→24와 같이 요약 가능하다. 우리는 여기서 매우 중요한 사실을 발견하게 되는데, 무엇보다 담화 구조와 스토리의 서사가 일치하지 않으며, 그렇기 때문에 일차적으로 그 잉여, 혹은 결여의 에피소드를 어떻게 완결된 서사로 완성할 수 있을까에 대한 서사적 욕망이 작동한다는 점이다.

두 가지 문제가 대두된다. 첫째, 편지 씬. 둘째, 25~27 사이의 시퀀스를 어떻게 해석할 것인가의 문제. 후자의 경우, 홍상수의 다른 영화작업들과 비교할 때 25~27의 시퀀스를 스토리의 일부로 편입시키는 것은 어색하다. 그렇다면 왜 이런 '트릭'을 구사한 것일까. 신파적 해석으로 보면 이루어질 수 없는 꿈은 아름답지 않은가라는 반문이 가능하다. 좀더 자세히 살펴보면 모리와 권은 처음부터 사실 행복할 수 있을 가능성이 별로 없었다. 불가능한 행복을 찾는 꿈은 모리의 이방인성에 이미 잠재해 있었다. 그것은 그 뿐만 아니라 권이나 심지어 영선까지도 불가능한 자유의 꿈과 이상에 지배당하고 있기 때문이라고 말할 수도 있다. 영화는 이를 어떤 고도의 시간적

착시 속에서 현재화함으로써 밋밋한 독서(감상)에 파문을 일
으킨다.

불안한 현재와 행복한 미래는 예술의 근본을 형성하는
기획이다. 그 비전을 가차없이 소거함으로써 영화는 영화적
시간과 관객의 시간의 차이를 극대화하고자 한다. 반면 전자
의 시퀀스는 얼핏 감독의 의도나 작위로 볼 수도 있지만, 근
본적으로는 '지각불가능하게 되기'[4] 혹은 미래의 무엇이 '되기'
를 희망하는 독자(관객)의 몫에 해당한다. 우리는 권이 편지
를 읽는 과정이 모리의 인식과 행동의 변화와 어떻게 맞물려
있는지를 비로소 주목하게 된다. 모리가 서울에 온 것은 권을
'존경'(사랑)하기 때문이고, 그렇기 때문에 청혼을 하고 싶다는
간절한 욕망이 있다. 그러나 영화는 담화적 시간과 스토리 시
간의 비교에서도 확인할 수 있듯, 어떤 모순으로 점철된 모리
의 내면과 일상을 보여줌으로써, 실제와 가상실재 사이에 놓
인 착시의 프리즘을 독자의 시선으로 볼 수 있는 기회를 열어
준다. 권이 모리의 편지를 받고 상황을 판단하게 된 것은, 사
실 모리가 서울에 와 이미 두 차례 영선과 사랑을 나누고 난
뒤 갈팡질팡하다(리좀적) 다시 일본으로 돌아가고자 결심한

후다. 일주일이나 지난 후의 모리의 감정과 권이 편지를 읽기 시작한 시간(모리가 권에 대해 가졌던 최초의 감정과 마음)은 서로 다른 감정의 시간이다. 그렇기 때문에 각론적 시간에서 모리는 몸이 아파 지리산으로 요양을 떠난 권과 어긋나게 되고, 권을 기다리는 가운데, 영선, 상원, 구옥 등과 만나게 되면서 의식의 변화와 행동의 변수를 경험하게 된다. 그 시간은 대체로 일주일 정도 되는데, 그러니까 권이 편지를 읽고 모리의 마음을 알기까지의 시간과 일치한다. 우리가 여기서 부딪치는 근본적인 문제는 권의 편지다. 모리가 화면 안에서 다양한 정보를 통해 그의 정체를 독자(관객)에게 제공하는 반면, 권은 사실상 화면 밖에서 오직 편지를 읽는 모습만을 이미지화한다. 그 편지를 읽는 과정의 내면, 혹은 권의 모리에 대한 감정, 편지가 어떤 내용으로 채워져 있는지는 전혀 수수께끼인 것이다. 그런데 채트먼의 입을 빌면 오히려 이런 정황에서의 "숨은 화자는 자신만의 유리한 외적 관점에서 사건을 묘사할 수도 있고, 그 자신의 언어나 다른 인물의 언어를 사용하여 그 인물들의 생각을 인용하는 데 깊이 관여할 수도 있으며, 혹은 불분명한 말하기와 보여주기 같은 기법, 캐릭터의 내적 삶을 재현하거나 서술하는 것과 같은 어법을 통해 의도적으로 모호함을 연출하는 데 유리"할 수도[5] 있다. 예술적으로 환원할 때 이 상황은 일주일이라는 물리적 시간과 함께 모리와 권의 심미적 시간과 공간도 함께 혼재된 것처럼 보인다. 한편, 텍스트의 라스트 시퀀스가 스토리 시간 구조 선상에서 보면 개를 찾아준 답례로 영선이 모리에게 저녁을 사고 술을 마신 후 서로 믿지 못할 대화를 하며, 그 연장선상에서 모리의 하우스에서 함께 자고 난 후의 표정으로 클로즈업되고 있는 것은 모리의 일상이 영선과의 관계를 축으로 피드백되고 있음을 암시한다. 그렇다면 시퀀스 25~26의 실제 장면들, 27의 가상실재는 기능상 모두 가상실재의 시간들로 유추할 수 있다. 그러니까 영화는 약간의 기능적 시간 트릭을 구사하는 차원을 넘어 삶의 근본적 늪에 빠진 모리의 시간에 대해 들여다 볼 것을 주문한다. 그 주문의 모티브를 제공하는 것이 바로 13번에 걸쳐 전개되는 권의 편지 읽기 시퀀스다. 스토리 구조에서는 잉여로 처리되는 이 시퀀스는 그러나 텍스트의 심층구조를 이해하는 데 가장 중요한 매개로 작동한다. 그 편지의 내용이 모리가 권에 대해 지니고 있는 교감 가능한 감정이자 실체일 수 있기 때문이다. 문제는 편지의 내용을 복원하는 것은 처음부터 불가능한 것이거나 독자(비평가)의 몫으로 봉인돼 있다는 점이다. 봉인을 뜯는다는 것은 자신의 내밀한 감정을 들킨다는 것을 인정할 수밖에 없으며, 그것을 모리에 대한 상상으로 연역한다고 해도 변명은 궁색해진다. 이 완강한 역학관계를 변화시킬 수 있는 힘은 결국 해석에 참여하는 주체의 몫이 되는 셈이다.

수신자를 표적으로 하고 있다는 점에서 편지는 근본적으로 공감의 형식이다. 사랑의 가장 빈번한 매개의 형식이 되는 이유도 이 때문이다. 첫번째 편지를 권이 읽게 된 장소는 어학원(BCM)이며 그곳은 모리와 권이 가장 많은 시간을 함께 했던 장소이자 두 사람을 매개하는 공간이다. 모리가 어떻게 권을 사랑하게 되었으며, 특별히 편지를 쓰게 되었는지는 정확하게 파악하기 힘들다는 점에서 두 사람의 관계는 모리의 감정에 의해 지배되는 것처럼 보인다. 그런데 두 사람의 관계를 결정적으로 판단할 수 있는 것은 권이 BCM 2층에서 개봉한 편지를 읽다 계단을 내려오던 중 현기증을 느끼는 장면에서다. 일반적 추측으로 그 현기증은 권이 아직 병에서 완전히 회복하지 못했거나, 모리의 편지에 대한 반응일 가능성이다. 우리는 전체 정보와 형식 논리에서 후자를 택할 수밖에 없다. 권의 현기증은 두 가지 양태로 나타난다. 첫째, 편지의 순서가 흩어짐으로써 모리가 권에 지녔던 감정의 질서가 카오스의 상태로 변화하는 국면으로 진입하는 것을 상정해본다. 영화는 이를 잘 반영하고 있는데, 담화 구조와 스토리 구조의 차이에서 확인되는 영화적 시간의 교란은 근본적으로 모리의 시간 인식과 유사한 것으로 유추할 수 있다. 다른 하나는 모리의 서울행을 전혀 예측하지 못한 상태에서 편지를 통하여 받은 충격이 컸기 때문이라 이해할 수도 있다. 그렇다면 권과 모리는 어학원에서 함께했던 시간동안 전혀 서로를 예감하지 못했던 상태라 할 수 있을 터인데, 그 생소함이나 낯설음을 넘어서 두 사람을 이어주는 감정의 끈을 우리는 시간의 현현epiphany으로 이해할 수도 있을 것이다. 조금 비약적 해석을 하면 이 시퀀스가 사실 영화의 하이라이트라고 말할 수 있다. 모리와 권은 편지로 감정을 교환하지만, 모리의 일상을 지배하는 것은 그 감정과는 전혀 다른 현실이고, 오히려 빗나간다. 그러니까 편지 3~13까지의 시간은 모리와 권의 관계가 빗나가고, 끝내 만나기 힘든 사잇길로(카오스 혹은 리좀) 접어드는 모리의 시간들을 묘사한다. 권이 영화에 등장하는 시간은 정확하게 어학원에서 편지를 전달받고 일본식 카페 '자유의 언덕'에서 이를 읽고 있는 동안까지이다. 권은 우편 소인을 통해 편지가 일주일 전에 부친 것이라는 점과, 그렇다면 모리가 한국에 머문 시간이 약 일주일여 되며, 그 시간 동안 그는 상원과 경리단 근처 카페에서 술에 취해 사랑과 행복에 대해 주고받다 자조의 감정을 드러내며(편지3), 구옥과는 일본과 한국인의 차이에 대해 논하고(편지5), 그 연장선상에서 권의 집 주위를 배회하다 권에게 "더 이상 가고 싶지 않으며, 영원히 사라지고 싶다"는 감정을 드러내면서도, 권과 과거에 함께 했던 냇가를 꿈꾼다(편지6). 상원과 가진 다른 술자리에선 권과 "같이 살고 싶지만 이룰 수 없는 건 희망하지 않겠다"고 하면서 마침내 "그녀를 보게 되건 아니건 상관없다. 그녀가 괜찮기를 바랄 뿐이다"라고 비관적인 태도를 취한다(편지7). 이 감정의 선이 마침내 "하루종일 당신 생각만 했으며… 만약 날 친구 이상으로 생각한다면 와주세요"라는 영선의 유혹을 받아들이는 결과로 나타나며(편지8), 영선과의 밀회 후, 언제 가장 행복한가라고 묻는 구옥과의 대화에서 "계속 꽃을 보고 있으면 하나가 되"는 느낌까지 받으며 심지어 "삶을 두려워할 필요가 없다"고까지 확신에 찬 단언에 이르는 것을 보게 된다(편지 9). 우리는 여기서 모리의 행복이 거짓이며, 만약 그가 행복하다면 그것은 영선과의 밀회로 잠시 느끼게 된 현실의 망각, 망각하고 싶은 그의 비루한 일상일 가능성이 농후하다는 것을 추론해보게 된다. 그것은 "당신 집 앞 식당에서 당신을 기다리고 있다. 당신은 어디에 있는가?"란 독백을 통해, 한편 담화적 시간의 마지막 시퀀스를 통해, 게스트하우스 앞마당 화단의 꽃들을 응시하고 있는 모리의 시선을 통해, 권이 읽고 있는 편지의 열번째 시퀀스의 미적 거리가 권과 모리의 실제 거리일 것이라고 연역해볼 수 있는 숙주를 제공한다. 편지11은 그러므로 시간 논리상 첫 번째 편지와 동일하거나 같은 내용이며, 편지12 역시 이미 편지8과 같은 감정 상태의 모리의 태도를 반복하는, 엄밀하게 말하면 영선과의 사이가 더 농밀해진 것에 대한 차이의 반복을 보여주는 것에 지나지 않는다.

편지를 통하여 들여다 본 〈자유의 언덕〉은 서로 다른 두 개의 시간이 공존한다. 모리의 시간은 권과 일주일의 계량적

차이로 이어져 있다. 그 차이가 두 사람의 사랑을 가상실재의
그것으로 미래화시키고 있는 것처럼 보인다. 불가능한 심연이
있을지 모른다는 추론은 잉여적 시퀀스를 통해 논증가능하
다. 모리의 독백, 혹은 중얼거림은 그가 권에게 가졌던 사랑이
나 존중의 감정이 진실이 아닐지도 모른다는 의혹을 불러일
으키게 한다.

하나의 해석이 가능하다. 〈자유의 언덕〉에 내재된 사랑
은 아직 오지 않은 잠재태로서의 결핍의 시간이며, 그런 의미
에서 불안과 초조를 내재한 시간이다. 노자는 이를 '미명', 혹
은 '현묘' 더 나아가 '생이불유'로 은유했다. 그 시간은 근본적
으로 우리의 현재로부터는 확신할 수 없는 시간이라는 점에
서 들뢰즈가 '기관없는 신체'에서 말한 '알'의 상태, 혹은 생성
의 무한 에너지를 축적한 잠재태의 어떤 것이다. 사랑은 현재
가 아니라 미래의 것으로 존재하는 벡터적 에너지라는 점에서
한 존재자가 만들어가야 할 '−되기'의 에너지이기도 하다.

에로스, 혹은 플라톤의 지

왜 사랑인가. 아니 사랑이란 무엇인가. 질문이 틀렸다. '어떻게'로 시작해야 마땅하다. 그리고 마침내, 사랑은 왜 인간행위의 최종심급을 향하는가. 아니 비약하면 인문적인가. 플라톤의 심미적 혹은 철학적 집적을 관통하는 『향연』의 지배소는 에로스eros이다. 왜 에로스인가. 『국가』와 『법률』로 상징되는 그의 애지philosophia를 향한 열애와 열애의 절정은 아테네 정치에 대한 환멸을 넘어설 궁극적 이상국가(이데아)에 대한 꿈으로 수렴된다. 시기적으로 약간의 편차를 보이긴 하지만 상황은 노자나 공자와 유사하게 그 역시 전쟁이 단속적으로 삶을 위협하고, 이성이 설자리를 잃은 현실을 직시하지 않을 수 없었던 것으로 보인다. 그 직시는 보다 근원적인 삶과 생명에 대한 응시를 통해 지속가능한 불사의 삶과 이상 국가에 대한 기획으로 발현된다. 그 이데아에 관한 통찰과 비전의 집적이 우리가 여러 형태로 인용하는 『국가』라고 할 수 있다. 그러니까 『향연』은 시기적으로 조금 앞선 년대의 사유로, 정황적으로는 소크라테스의 진술을 플라톤이 재구축하는 플롯을 취한다. 플라톤의 이상과 소크라테스의 목소리가 겹친다는 점에서 우리는 이 저작의 과정을 소크라테스-플라톤, 혹은 '플라톤의 변명'으로 호명할 수도 있다. 『향연』에서도 얼핏 엿볼 수 있는 것이지만, 그는 현상에 실재하는 물질, 비루한 삶, 혹은 현상적으로 감각하는 지식은 독사doxa에 불과하며, 그것을 초월하는 영원불멸의 이데아, 영혼에 의한 지적 직관으로 재현 가능한 것만이 참지식이자 정의에 가깝다는 논리를 개진한다. 그런 면에서 플라톤의 애지는 아리스토파네스의 에로스보다 소크라테스의 변증적 논변에 더 기울어 있다.

플라톤의 이데아는 잘 알려져 있듯이 김소월의 시혼(「詩魂」)에도 영향을 끼쳐 한편의 시, 한 시인의 시편들에서 드러나는 정황의 편차에도 불구하고 영원불변의, 시인의 영혼을 주목하는 것이 시를 이해하는 바로미터가 되어야 한다고 설파하기에 이른다. 그 생각은 『개벽』에 게재된 소월의 시 5편을 그의 문학적 스승 김억이 "시혼이 내부적 깊이를 가지지 못했다"라는 비판에 대한 우아한 반론으로 "시혼도 산과도 같으면 가람과도 같으며, 달 또는 별과도 같다고 할 수는 있으나, 시혼 역시 본체는 영혼 그것이기 때문에, 그들보다도 오히려 그는 영원의 존재며 불변의 성형일 것은 물론입니다. 그러면 시작품에는, 그 우열 또는 이동에 따라, 같은 한 사람의 시혼일지라도 혹은 변환한 것 같이 보일는지도 모르지마는 그것은 결코 그렇지 못할 것이, 적어도 같은 한 사람의 시혼은 시혼 자신이 변하는 것은 아닙니다. 그것은 바로 산과 물과, 혹은 달과 별이 편각에 그 형체가 변하지 않음과 마치 한가지입니다"라는[6], 정력적인 논지를 전개한다. 우리는 여기서 플라토니즘에 기운 한 식민지 시인의 애상과 이데아를 엿볼 수도 있다. 그것은 식민지의 거대한 벽 앞에 가로막힌 시인의 비애를 표상함과 동시에 그 비애를 초월하여 성숙한 인간으로 나아가고자 하는 불우한 주체의 내면적 몸짓이기도 하다.

플라톤의 현실에 대한 비관은 잠자고 있던 그의 작가

적 기질을 유감없이 드러내는 데 기여한 것처럼 보이기도 한다. 말하자면 이 텍스트를 지배하는 형식도 당대의 비극작가의 수준에는 미치지 못하지만 그의 끼가 유감없이 발현된 문학과 철학의 융합적 지평이라 할 수 있다. 에로스는 문학과 철학을 이해하는 원초적인 언어이면서 세계 이해의 근본을 향한 스펙트럼을 형성한다[7]. 그런 면에서 플라톤의 에로스는 본질을 관통하면서, 한편 그것을 왜곡한다. 왜곡은 언어의 본질이다. 그 언어의 내면에 이미 플라톤의 욕망, 언어적 에로스(성적 리비도)가 작동하고 있기 때문이다. 마침내 에로스는 인간의 가장 내밀한 형식이자 내용을 이룬다. 한 단상에서 롤랑 바르트는 그 내밀한 속을 "살갗"으로 포착함으로써 흥분할만한 육체적 기억을 언어에 입힌다. 그는 말한다. "언어는 살갗이다. 나는 그 사람을 내 언어로 문지른다. 마치 손가락 대신에 말이란 걸 갖고 있다는 듯이, 또 내 말 끝에 손가락이 달려 있기라도 하듯이. 내 언어는 욕망으로 전율한다."[8] 욕망의 다른 이름인 언어가 사랑의 최종심급에 위치한다. 언어가 곧 사랑인 것이다. 향연이 에로스에 대한 이야기이자, 이야기에 대한 에로스인 이유가 여기에 있다. 그러니까 플라톤은 인간의 원초적 욕망인 에로스를 생명현상의 기초이자 본질로 이해하고 있었다는 점에서 노자와 상동성을 띠며, 이야기의 욕망을 에로스의 최종심급으로 한다는 면에서 다시 노자와 갈라서는 것처럼 보인다. 플라톤에게 양자는 변증적 종합을 통해 나아가야 할 어떤 무엇이다. 그에게 이야기 욕망은 향연의 다른 이름이다. 우리는 여기서 문학과 철학의 변증적 종합을 엿볼 수 있는데, 텍스트의 설계에 이미 그 맹아가 있다.

향연[9]의 동기는 기원전 416년경 비극 경연에서 우승한 아가톤을 축하하기 위해 모인 10인 내외의 명사들이 심포지엄, 그러니까 술과 여인과 더불어 고담준론을 펼치기로 했으나 파우사니아스를 비롯하여 아리스토파네스, 에뤽시마코스, 파이드로스가 전날 이미 너무 과음한 탓으로 음주가무는 각자에게 맡기기로 하고, 대신 에뤽시마코스가 에로스에 대해 논하자고 제안함으로써 다채로운 애지의 향연을 향한 문을 연다. 옴니버스식 플롯을 취택하는 서사기법을 쓰고 있다든가, '딸꾹질'과 '웃음', '아이러니'를 삽입하는 기술, 소크라테스의 이야기가 끝나자 '갑자기' 술꾼들이 몰려와 향연의 국면 전환을 꾀하는 반전의 플롯 등에서 초보단계이긴 하지만 플라톤이 서사적 욕망의 본질을 응시하고 있다는 추론을 가능하게 한다.

텍스트는 에로스에 관한 이야기의 아버지로 알려진 파이드로스가 첫 화자로 등장해 무한한 찬미를 시작하면서 전개되는데, 특히 그 기원을 설파하는 과정에 흥미로운 화두를 던진다. "맨 처음에 카오스(틈)가 생겨났고 그리고 그 다음으로 늘 모든 것들의 굳건한 터전인 가슴 넓은 가이아가, 그리고 에로스가 생겨"났다.[10] 이 지문의 감각적 상상을 펼치는 동안 우리는 급기야 노자 제1장과의 상호텍스트성을 연역하는 길로 들어설 수 있다. 주지하듯이 『도덕경』 1장의 내용은 다음과 같다.

道可道非常道, 名可名非常名. 無名天地之始, 有名萬物之母.
故常無慾以觀其妙, 常有慾以觀其徼
此兩者同, 出而異名, 同謂之玄. 玄之又玄, 衆妙之門.

그 대의는 '도를 개념화하게 되면 그 순간 도는 본래 의미를 상실한다. 어떤 이름을 호명하는 순간 더 이상 그 이름의 본래 의미는 퇴색하는 것이다. 이는 곧 도[無名]에서 세계가 시작되었음을, 덕[有名]이 만물의 모태가 됨을 일컫는다. 그렇기 때문에 무욕으로 내밀한 속(카오스)의 묘함을 응시하고, 유욕으로 그 현상의 이치를 이해할 수 있다. 그런데 궁극적으로 이 양자는 한몸으로, 각각 다르게 호명되었을 뿐이다. 원래의 그 같음을 사람들은 현묘(여성성)하다고 말하는데, '온갖 묘한 것들이 태어나는 생명의 자궁 역할을 한다'로 풀이된다. 플라톤은 카오스를 무질서나 혼돈으로 이해하지 않고 '틈'으로 이해하며 그 틈으로 만물이 태어나고 그 만물이 태어난 다음 에로스가 생겼다고 진술한다. 그 진술은 발견이다. 그러나 정확하게 보면 카오스는 노자의 유명(만물의 모태) 개념과 상응하는 그것으로, 에로스도 이 만물이 태어나는 과정에 함께 한다고 보아야 한다. 에로스가 생명의 출산을 가능하게 하는 과학적 원리이기 때문이다.

미묘한 차이에도 불구하고 플라톤의 생명과 에로스의 관계를 이해하는 수준은 노자의 그것과 유사하게 이해될 수 있다. 한걸음 더 나아가 에로스가 궁극적으로 인간의 불사의 꿈을 위한 동기를 부여한다는 생각은 노자 6장 "여성의 은밀한 문은 불사하니 이를 달리 현빈이라 한다. 그것은 모든 생명의 뿌리로, 아무리 사랑하여도 늘 처음과 같다. 즉 에너지가 넘친다. 사랑 자체가 생명현상이기 때문이다"와[11] 거의 정확하게 겹친다. 그 중첩의 질적 확장을 거쳐 "아주 어렸을 적부터, 자기를 사랑해주는 쓸 만한 사람을 갖는 것보다, 그리고 사랑하는 사람에게는 쓸 만한 소년 애인을 갖는 것보다 더 크게 좋은 어떤 것이 있을지 나로서는 말할 수 없"다는(『향연』 71면) 아름다운 것, 좋아하는 것을 욕망하는 것의 아름다움을 찬미하기에 이른다. 세밀하게 관찰해보면 그 찬미는 노자 55장의 에로스와 절정에서 호응한다.

후덕함은 적자(아이)에 비유된다. 가령 벌과 독사의 정력에 버금할 만하고, 맹금의 유연함과 강한 힘에 대적할 만하다. 그 부드러움과 유연함에서 나오는 강한 정기 때문에, 성교함에 정력의 최고 상태에 도달해, 온종일 괴상한 소리를 질러도 목이 쉬지 않을 정도로 교합의 절정을 이룬다. 그 교합의 짝을 찾는 것을 영원함이라 하고, 이를 경험하는 것을 날 새는 줄 모른다(궁극에 이르렀다)라고 한다. 그런데 이를 위해 작위적으로 기를 북돋우려 하면 재앙을 맞는다. 술수를 부려 기를 북돋는 일을 억지로 하면 결국 뭇 생명들은 기의 쇠약이 뒤따른다. 즉, 도에 순응하지 않으면 서둘러 생명을 재촉한다.[12]

플라톤의 에로스가 노자와 어떻게 상호텍스트성을[13] 이룰 수 있는지를 면밀하게 응시할 수 있는 대목은 아리스토파네스의 웅변에서 극에 달한다. 그는 원래 인간의 성은 남녀만이(남-남, 여-여) 아닌 남녀추니까지를(남-여) 포함하는데, 문제는 이들이 "힘이나 활력이 엄청났고 자신들에 대해 대단한 생각을 가지고" 있었으며, 무엇보다 "신들을 공격하게 되었"다는 점이다. "제우스와 다른 신들"이 그런 방종한 자들에 대해 "무슨 일을 해야 할지를 숙의하면서 어쩔 줄 몰라 막막해"하면서도 한편 "그들을 죽이거나 거인들에게 그랬던 것처럼 벼락을 쳐서 그 족속을 싹 없애 버릴 수도 없"는 딜레마에 빠지게 된 것은 "인간들에게서 그들이 받는 숭배와 제사가 싹 없어져 버리게 될"까 한편으로는 두려웠기 때문이다. 그래서 짜낸 묘안이 "그들 각각을 둘로 잘"라 떨어져 있게 하는 것이다. 이 이별의 벌이 궁극적으로 인간으로 하여금 그리움과 열

애의 감정을 더 크게 한 원동력이 되었다. 아리스토파네스는
이 상황을 소설의 한 에피소드처럼 생생하게 묘사한다.

그는 인간들 각각을 둘로 자르는데, 그건 마치 마가목 열매
들을 말려 저장하려고 자르는 자들이 하듯, 혹은 마치 터럭으
로 계란을 자르는 자들이 하듯 했네. 각 인간을 자를 때마다
그는 아폴론에게 (그 인간이 자신의 잘린 곳을 바라보면서 더
질서 있는 자가 되게 하기 위해서) 그 얼굴과 반쪽 목을 잘린
곳 쪽으로 비틀어 돌려놓으라고 명했고, 또 다른 것들을 치료
해주라고 명했네. 그러자 아폴론은 얼굴을 비틀어 돌려놓았
고, 마치 끈으로 돈주머니를 졸라매듯 몸의 모든 곳으로부터
살가죽을 지금 배라고 불리는 것 쪽으로 끌어모아서는 배 한
가운데에 꽉 묶어 주둥이 하나를 만들어 놓았는데, 바로 그걸
사람들은 배꼽이라 부르지. 또 그는 다른 곳의 여러 주름들은
펴 매끄럽게 했고 갖바치들이 구두 골에 놓고 가죽의 주름들
을 매끄럽게 할 때 쓰는 것과 비슷한 어떤 도구를 가지고 가
슴을 만들어 냈지만, 배 자체 즉 배꼽 주변에 있는 약간의 주
름들은 그냥 남겨 두었네. 오래 전에 겪은 일을 그들에게 상

기시키도록 말일세.

그런데 이제 그들의 본성이 둘로 잘렸기 때문에 반쪽 각각은 자신의 나머지 반쪽을 그리워하면서 줄곧 만나려 들었네. 서로 팔을 얼싸안고 한데 뒤엉켜 한몸으로 자라기를 욕망하다가 결국에는 상대방과 떨어진 채로는 아무것도 하고 싶어 하지 않았기 때문에 굶어서 혹은 다른 아무 일도 하지 않음으로 해서 죽어 갔네. 또 반쪽들 가운데 어느 하나가 죽고 나머지 하나가 남게 될 때면 그 남은 자는 다른 것을 찾아다니다가 그것과 한데 뒤엉키게 되었는데, 전체가 여인인 자의 반쪽(지금 우리가 여인이라 부르는 게 바로 그것이지)과 만날 때도 있었고 남자의 반쪽과 만날 때도 있었다네. 어쨌거나 그렇게 그들은 멸망해 가고 있었네.

그런데 제우스가 그들을 가엾이 여겨 다른 방도를 강구하게 되는데, 그들의 치부를 앞쪽으로 옮겨 놓았지. 그때까지 그들은 이것도 다른 것들처럼 바깥쪽에다 가지고 있었고, 상대방 속에다가 자식을 낳고 출산하고 하는 것이 아니라 매미들처럼 땅속에다가 그렇게 했거든. 그래서 그는 그들의 이것을 이렇게 앞쪽으로 옮겨 놓았고 이로 인해 그들이 상대방 속에서, 즉 남성을 통해 여성 속에서 생식을 하도록 해 주었네. 다음과 같은 일들을 위해서지. 즉 한편으로 남자가 여인을 만나 한데 뒤엉킴이 일어날 때는 자식을 낳아 그 종족이 계속 생겨나게 되고, 동시에 다른 한편으로 남성이 남성과 만날 때도 어쨌거나 함께함에서 오는 포만은 있게 되어 그들이 막간에 한 숨 돌리고 일로 돌아가 여타의 삶을 돌보게 되도록 하기 위해서라네. 바로 그래서 그토록 오래전부터 내내 서로에 대한 사랑이 인간들에게 나면서부터 들어 있게 되고, 그것은 옛 본성을 함께 모아 주며, 둘에서 하나를 만들어 내어 인간 본성을 치유하려 노력하네.

그러기에 우리 각자는 한 인간의 부절(符節)이네. 마치 넙치들 모양으로 하나에서 둘로 잘라져 있으니까 말일세. 각자는 자신의 부절을 하염없이 찾아다닌다네. (…) 그런데 소년을 사랑하는 자든 다른 어떤 자든 누구나 자신의 저 반쪽 자체와 만날 때면 친애와 친근함과 사랑에 놀라울 정도로 압도되어, 이를테면 잠깐 동안도 서로에게서 떨어져 있고 싶어 하지 않게 된다네. (…) 그 온전함에 대한 욕망과 추구에 붙여진 이름이 사랑(에로스)이지.[14]

당시의 어떤 문학이 이처럼 흥분되고 감미로우며 생동하는 감각으로 묘사할 수 있을지를 의심하게 하는 지문의 삽화는 신과 인간의 사이에 가로놓인 거대한 간극을 엿보게 함으로써 왜 인간이 인간을 사랑하는 숙명을 안고 살아갈 수밖에 없는지를 흥미진진하게 묘파한다. 인간에게 에로스는 제우스의 가혹한 형벌이자 동시에 세상 만물의 생명을 지속하게 하는(불사) 숙주로 작동한다.

불사의 사상 근간을 공유하고 있다는 점에서 플라톤은 노자의 사유와 일정부분 겹친다. 그러나 아리스토파네스의 에피소드가 플라톤 에로스의 궁극을 위한 매개 역할을 한다는 점에서 관계의 차이를 내재하고 있는 점 또한 부인하기 힘들다. 인용한 지문에서 아리스토파네스는 서구적 에로스의 미시적 덕목까지를 묘파한다. 인간은 근본적으로 신 앞에 불완전한 반쪽이라는 것, 그 반쪽의 결여가 오히려 인간으로 하여금 생명현상을 향한 불사의 욕망을 낳게 하는 원동력이 되었다는 것, 그리고 마침내 그렇기 때문에 인간은 '부절'을 지니고 끊임없이 다른 반쪽을 욕망하는 과정으로서의 삶을 살 수밖에 없다는 것이다. 우리는 여기서 아리스토파네스가 육체적 사랑을 말하는 것처럼 보이지만 오히려 소크라테스보다 에로스의 더 본질적인 깊이에 이르고 있을지도 모른다는 생각을 하게 된다. '온전함에 대한 욕망과 추구'가 그것이다. 온전함에 대한 욕망의 추구를 가능하게 하는 일차적 요소는 남—녀의 에로스이며, 이를 통해 생물학적 불사의 지속뿐만 아니라, 고상한 것, 아름다운 것에 대한 욕망과 지적 추구도 가능하기 때문이다. 그러니까 생물학적 욕망을 넘어서는 사랑은 비약이 심한 절름발이의 그것이며 그렇기 때문에 온전히 아름다운 것이 되기 어렵다. 아름다움은 절대적인 것이 아니라 상호적인 변화의 개념 속에 있는 그것이기 때문이다.

그런데 이에 상응하는 것이 있다는 것을 패기 넘치는 작가답게 아가톤이 주장한다. 말하자면 메타 이야기가 그것이다. 짐작되는 것이지만, 이 지점으로부터 플라톤의 애지가 맹아한다. 그러니까 향연의 클라이맥스라고 할 수 있는 소크라테스의 이야기는 아가톤의 이야기 욕망에 대한 근사한 논변이라고 해도 과언이 아니다. 아가톤은 당대 최고의 젊은 비극작가답게 화려하고 현란한 언변으로 에로스는 가장 아름답고 훌륭하며 그렇기 때문에 행복한데, 그것은 가장 젊고 "섬섬"하며[15] 유연하고 덕을 갖추었으되 정의와 용기를 지녔으며, 쾌락을 절제하고 누구든 시인으로 만드는 힘을 지니고 있다는 연설로 열렬한 환호를 이끌어낸다. 드디어 클라이맥스에 이르게 되자 소크라테스가 화답하는 형식으로 그가 흠모하는 묘령의 만티네아 여인 디오티마를 끌어들여 종합을 시도한다.

그에 의하면 에로스는 X를 욕망한다는 것인데, 욕망한다는 것은 자기가 결여한 것을 욕망하는 것이니까, 궁극적으로 에로스는 자신이 결여하고 있는 X를 사랑하는 것이라는 변증적 논리를 편다. 그러나 이것만으로는 에로스에 대한 종합에 이를 수 없다는 것을 디오티마가 보충한다. 그녀는 에로스가 풍요로움을 대변하는 신 포로스가 아닌 결핍을 대변하는 여인 페니아가 아프로디테의 생일날 동침하여 태어났는데, 양쪽의 본성을 똑같이 나눠가지고 있어서 풍요와 결핍, 미와 추, 지혜와 무지 사이에 있으며, 그렇기 때문에 늘 지혜를 쫓아 욕망하는 자이다. 마침내 우리는 여기서 에로스의 이중구속적[16] 자질을 발견한다. 말하자면 에로스가 좋아하는 것을 욕망하고 추구하는 것이긴 하지만, 그 본질은 양가적 속성을 포괄하고 있다는 것이다. 디오티마가 포이에시스의 유비를 통해 에로스를 좋은 것에 대한 추구라고 정의하는 과정이 이에 대한 통찰에서 비롯된 것이라 할 수 있다. 그 통찰이 에로스를 애지의 차원으로 끌어올린다. 그리하여 "지혜는 그야말로 가장 아름다운 것들에 속하는데, 에로스는 아름다운 것에 관한 사랑이지요. 그래서 에로스는 필연적으로 지혜를 사랑하는 자일 수밖에 없고, 지혜를 사랑하는 자이기에 지혜로운 것과 무지한 것 사이에 있을 수밖에"[17] 없게 된다.

흡사 공자와 그 제자들의 문답형식과 유사하게 디오티마를 앞세운 소크라테스의 대화는 에로스의 본질이 육체적 향연을 넘어 궁극적으로 애지를 욕망하게 되는 과정을 함축적으로 요약하고 있다.

> 디오티마: 아름다운 것들을 사랑하는 자는 무엇을 사랑하는 겁니까?
> 소크라테스: 자기 것이 되기를 사랑하는 거죠.
> 디오티마: 좋은 것들을 사랑하는 자는 무엇을 사랑하는 겁니까?
> 소크라테스: 자기 것이 되기를 사랑하는 거죠.

디오티마: 그런데 좋은 것들이 자기 것이 될 때 그에게 무엇이 있게 됩니까?

소크라테스: 그는 행복하게 될 겁니다. (『향연』. 132면)

이 대화는 가상실재의 성격을 띠고 있는데, 주목되는 것은 에로스가 궁극적으로 인간이 아름다운 것 안에서 출산을 추구하는 불사의 사상에 맞닿아 있다는 점이다. 이 영원한 것에 대한 이데아가 생물학적 사랑과 영혼의 에로스를 융합하려는 인간의 욕망을 낳았다. 그 욕망이 몸의 아름다움보다 영혼의 아름다움을 추구하려는 애지의 세계로 인간을 이끌기 때문이다. 김소월의 「시혼」에 깃들어 있는 정조와 플라톤의 이데아가 만나는 접점이기도 하다.

승화된 향유는 지적 쾌락을 통해 간취될 수 있다. 우리가 상아탑이라고 부르기도 하는 대학에서의 학문이 아마도 그럴 것이다. 근원적인 지식은 마치 에로스의 에피소드처럼 사람의 만남과 만남을 통해서만 궁극적 심화에 이를 수 있다. 같이 있음, 혹은 만남을 뜻하는 고대 그리스어 synousia는 성교의 뜻을 내포하기도 한다. 우리는 여기서 플라톤의 향연이 인간의 가장 내밀한 만남의 형식인 사랑의 충만과 향유의 단계를 거쳐야 가능한 것임을 엿볼 수 있다. 지적 진리란 근본적으로 인간의 가장 내밀한 만남의 행위와 다른 것이 아니다. 말하자면 인간이 인간을 사랑하는 행위인 것이다. 플라톤은 그 궁극을 묘령의 여인 디오티마의 입을 빌어 전개함으로써 이중의 효과를 노린다. 사랑과 여성성, 그것을 포괄하면서 초월하는 이야기 욕망에 대한 무한의 향연이 그것이다. 무한의 향연이 실은 영원불멸을 향한 불사의 사상을 낳았으며, 우리가 흔히 인문이라고 부르는 인간학에 대한 사유를 확장해온 원동력이 된다.

이를 어렴풋이 엿본 프로이트는 그의 후기 임상보고서들에서 숱하게 반복되는 사례 분석을 거의 서사적 완성을 향해 바치고 있다. 프로이트를 서사론적 관점에서 설명하고 있는 스펜스의 주장에 따르면 프로이트가 치료를 위해 수집한 자료들, 이차적으로 그 자료 분석을 위해 재구성한 서사 뭉치들은 "환자의 이야기 중 토막난 것을 잇고, 틈새가 있는 곳을 메꾼 분석적 담론에 다름 아니"며, 그런 점에서 "환자의 불완전한 텍스트를 보완하고 보충하여 잘 짜여진 분석적 텍스트를 엮어 나갈 때 그는 독백적으로 관찰자적 위치에"[18] 머무는 것이 아니라 그 자신이 환자의 문제에 역전 이적으로 참여하여 대화적 이야기를 완성해 나가는 과정을 황홀하게 수행하게 되는 것이다. 이 전무후무한 창조적 작업의 과정을 통해 프로이트는 마침내 "정신분석학은 본질적으로 서사학이다"라는 아포리아를 완성해낸다.

'프로이트로 돌아가자'라고 외치면서 그를 전복적으로 초월한 라깡은 바로 이 문제에 주목해 "무의식(욕망)은 언어처럼 구조지어져 있다"라고 진술함으로써 욕망(리비도)의 심연이 곧 언어라는[19] 은유에 이르게 된다. 직역하면 '향연'은 곧 언어적 카니발의 다른 명명인 셈이다. 그 말의 잔치가 인간 최고의 육체적 향연인 에로스, 곧 성애와 같은 위계에 있다는 것은 플라톤의 지적 통찰이다. 인문이 언어로부터 시작된다는 것은 췌언을 요하지 않는다. 인문은 그러므로 좀 거칠게 축약하면 언어의 성감대를 향한 탐구의 도정 그 이상도 이하도 아니다.

인문적이란 바로 이 언어의 성감대를 향한 지난한 경주를 의미한다. 인문을 인문답게 하는 것은 바로 그 언어의 탐구를 통해서 가능하기 때문이다.

　그런 의미에서 플라톤이 강조한 에로스의 최종심급은 언어의 성감대를 향한 열망과 다른 것이 아니다. 우리가 피상적으로 이해하고 있거나 회피하는 『도덕경』의 불립문자가 문자에 대한 에로스의 위계를 획득하는 과정과 깊이 관계하고 있다는 것을 아는 것은 그러므로 발견이다. 『도덕경』은 동아시아적 언어의 은유 혹은 불립문자라고 흔히 부르고 있는 언어의 집적과 그 수사학이 도달한 최고의 위계에 위치한다. 그렇기 때문에 우리는 이 텍스트를 언어의 향연, 플라톤적 에로스의 위계에서 나란히 음미하고 향유할 수 있는 단서를 마련한다. 언어의 성감대를 향한 『도덕경』의 콘텍스트는 그 자체로이미 인간이 경험할 수 있는 에로스의 한 경지인 것이다.

도Tao와 사랑

노자의 언어적 감수성은 투명하고 깊으며 넓다. 『도덕경』 10장을 면밀하게 응시해보면, 이 텍스트의 언어가 일차적으로 리듬의 언어(댓구, 호응)라는 사실을 놓치기 쉬운데, 몇 번 음송하다보면 그 외연을 싸고 있는 형식적 조건은 의미의 반복성으로까지 진화한다는 발견에 이를 수도 있다. 반복은 단순한 기계적 고정성을 띤 소리의 반복, 리듬의 반복이 아니라 그 실천의 시간의 차이와 행위의 차원에서 미세하게 드러나는 간극을 인식하는 단계로 발전한다. 그럴 때 주체는 의식의 차이를 연출하는 과정을 통해 질적 확산을 꾀함으로써 관계의 역동성에 이른다. 그리고 그 최종심급은 도의 구체적 실천에 대한 질문으로 피드백된다. 깨달음에 도달하되, 그것을 실천하는 과정으로 나아가며, 그 실천은 무엇보다 무위의 경지에 가까워야 한다는 주문이 그것이다. 그런데 다소 밋밋한 독서 과정에서 우리는 흥미로운 지문 하나를 발견한다. 이른바 '천문 개합 능위자호天門開闔 能爲雌乎'가 그것인데, 지금까지 노자 해석에 가장 뛰어난 것으로 평가되는 왕필 역시 이에 대해서는 기대할 만한 결과에 도달하지는 못하고 있다.

사실 번역은 궁극적으로 해석이 되어야 하고, 그 해석은 기존 텍스트와의 의식적 싸움의 과정이므로 방법적 전략은 필연이다. 노자 텍스트 81장을 단절된 사유의 파편이 아니라 완결성을 지닌 서사로 플롯을 설정하는 것은[20] 새로운 노자 읽기의 주요한 축을 이룬다. 그 모형을 통해 맥락의 독서가 가능해지고, 그 콘텍스트의 네트워크로 연결된 내면의 끈이 해석의 실마리를 제공할 수 있다.

노자 81장은 리좀적 구조로 구축된 한편의 서사다. 그 서사의 드라마를 완성하는 두 키워드는 사랑(에로스)과 국가(정치)로 압축된다. 이 키워드를 추출하기 위한 의도와 방법은 첫째, 노자의 언어를 시적 은유, 데리다가 문자학이라 지칭한 언어의 이중구속적 프레임 속에서 읽고자 하는 노력을 통해 간취할 수 있으며, 그 노력은 고도의 언어적 자의식과 언어의 본질에 대한 이해를 요구한다. 흔히 문학적 언어라고 국한해서 현대에 쓰이고 있는 잉여, 혹은 결여의 언어에 대한 인식이 그것이다.

노자의 언어를 지배하는 프레임은 침묵, 잉여, 결여로 상징되는 맥락의 공동화다. 뻥 뚫린 공간과 시간의 사건들을 어떻게 맥락화할 것인가. 이 문제가 고도의 언어적 자의식과 역사적 언어에 대한 해석자의 방법적 자각을 함께 요구한다. 둘째, 노자 81장을 하나의 완결된 서사적 텍스트로 해체─재구성하는 작업의 필요성이다. 이 작업을 위해서는 리좀식 독법이 요구되는데, 그 필요를 충족시키기 위해서는 해석자의 특별한 독서방법이 요구된다. 위계식 독서, 시간의 직선적 이해와 근대적 모델을 지양하는 인식론적 단절이 그것이다. 셋째, 특별한 독서 전략은 노자 81장을 지배하는 정조를 하나의 생명의 흐름 속에서 읽을 때 극대화될 수 있다는 발견에 이른다. 생명의 흐름에 대한 이해를 두텁게 하는 것이 에로스이며, 그것의 일상에 대한 적용이 정치적 키워드이다. 넷째, 그 수용의 결과 노자를 지배하는 키워드를 에로스와 국가로 수렴할수 있다. 다소 관념적인 것처럼 보이는 이 계기적 추론의 맥락화 과정에서 10장의 지배소는 문제의 5행이 내포하고 있는 의미의 은유라고 거의 단정할 수 있는 근거를 마련하게 되는데, 그것은 이 지문에서 "도를 실천함에 사랑하는 여인의 그것을 다루는 마음과 같이 할 수 있겠는가"라고 해석 가능할 때이다. 그 가능성은 천문개합天門開闔을 道의 시작, 혹은 천지지시天地之始로, 이와 호응하는 자雌를 같은 위계에서 이해해야 해석의 진화가 가능하기 때문이다. 다시 말해 천문개합을 읽는 창조적 독법은 하늘의 문을 열고 닫음에 비유되는 여성의 문을 열고 닫음으로(에로스) 해석의 질적 확산이 일어나야 한다는 점이다. 이런 구체적 비유에 대한 이해 없이 추상적 도의 이해를 강요할 때 해석은 지리멸렬해진다. 도와 여인의 관계가 어떤 절정의 비유에 도달함을 엿볼 수 있다. 하늘의 문을 열고 닫는다는 것을(좋은 정치에 임하기 위한 최고의 수신) 사랑하는 여인의 그것에 견주는 수사적 레토릭은 에로스의 극치이면서 그 이상의 언어적 생명력을 함유하고 있다. 그것이 가능한 것은 사실 이미 노자 1장과 6장에서 지속적으로 해석의 단서들을 흘리고 있기 때문인데, 가령 중묘지문衆妙之門(1장)과 현빈玄牝(6장)이 그것이다. 중묘지문을 이해하는 포인트는 '문'에 있다. 이를 의식하지 못하고 있기 때문에 대부분의 해석 과정에서 이 문을 신묘함의 문이나 만물의 출생과 관계된 것으로 막연하게 얼버무려 해소하는 경우가 대부분이며, 그 결과 맥락적 독서와 방법적 부재를 여하히 엿보게 된다.

정확하게 말해 여기서 문은 여성의 생식기, 나아가 생명의 탄생을 주관하는 곡신으로 해석의 대체가 가능하다. 그러니까 특히 포태胞胎한 여성에 대한 아름다움은 그 자체로 이미 도의 경지로 묘사될 수 있는데, 우리는 6장에서 이 모티브의 반복을 구체적으로 확인하게 된다. 현빈지문玄牝之門이 그것으로, 여기서 "문"은 여성의 가장 내밀한 곳, 어두컴컴하고 은밀한 곳을 일컫는다. 그렇다면 에로스를 여성을 키워드로 묘사하는 노자의 사랑관은 근본적으로 언어적 여성성을 바탕으로 하고 있다는 유추까지 가능하게 한다. 맥락적 독서에서 6장은 "여성의 은밀한 문을 달리 현빈이라 한다. 그것은 모든 생명의 뿌리로, 아무리 사랑하여도 늘 처음과 같다. 즉 에너지가 넘친다. 사랑 자체가 생명현상이기 때문이다"와 같이 해석 가능하다. 생명의 에너지로서의 에로스는 여기서 거의 도와 동격으로 상승한다. 그런 이해를 위해서는 전제가 필요하고 몇 가지 다른 맥락을 요구하지만, 궁극적으로 여성성을 바탕으로 전개되는 노자의 에로스가 생명현상 일반으로, 나아가 도를 실천하는 가장 주요한 덕목 중 하나로 평가될 수 있다는 점은 아무리 강조해도 지나치지 않다.

짧은 아포리아로 구성된 6장의 화두는 지금까지의 단편적 해석들에서 놓치고 있는, 그러나 노자 언어의 정수를 관통하는, 사실상『도덕경』전체를 지배하는 장이라고 해도 과언이 아니다. 생명현상에 관한 우주적 통찰과 과학적 이해뿐만 아니라 에로스와 생명의 관계에 관한 철학적 비전을 함유하고 있기 때문인데, 이를 55장의 에피소드가 세목의 수준에서 증거하고 있다. 우리는『향연』에서 아리스토파네스의 신화를 소개한 바 있는데, 그 설화에 대응할 만한 토픽으로 이 텍스트를 비교하거나 대조해볼 수 있다. 비교를 위한 전제는 해석의 역동성, 언어적 성감대를 향한 자의식의 확장일 터인데, 그것의 촉매가 되는 것은 맥락적 독서다.

55장에 대한 거개의 독해는 중후한 덕의 각론적 사례들

이상도 이하도 아니다. 그러므로 맥락적 독서를 통한 전복적 상상력의 중요성을 창조적 해석을 통해 대조해볼 수 있다. 에로스적 상상이 그 모티브가 된다. 중후한 덕에 대해 말하고 있는데, 그것을 에워싸고 있는 질료들, 가령 적자(플라톤의 미소년과 비교되는), 독사, 벌, 맹수, 독수리는 모두 강한 에너지를 잉태한 생명체이자, 정력을 상징하는 기호들이다. 이와 더불어 교합, 화지지和之至의 메타포는 성애, 부연하면 성교의 구체적 상황을 묘사하는 어휘들이다. 마침내 우리는 지금까지 발화된 이 텍스트에 대한 집적들을 전면적으로 부정할 수 있는 맥락을 간취하게 된다. 그 결과 상상 이상으로 놀라운 해석에 도달한 새로운 텍스트를 보게 된다.

(1) 후덕함은 적자(잠재태로서의 아이, 혹은 에너지가 최고인 생명)에 비유된다. 가령 벌과 독사의 정력에 버금할 만하고, 맹금의 유연함과 강한 힘에 대적할 만하다. 그 부드러움과 유연함에서 나오는 강한 정기 때문에, 성교함에 정력의 최고 상태에 도달해, 온종일 괴상한 소리를 질러도 목이 쉬지 않을 정도로 교합의 절정을 이룬다. 그 교합의 짝을 찾는 것을 영원

함이라 하고 이를 경험하는 것을 날 새는 줄 모른다(궁극에 이르렀다)라고 한다. 그런데 이를 위해 작위적으로 기를 북돋우려 하면 재앙을 맞는다. 술수를 부려 기를 북돋는 일을 억지로 하면 결국 뭇 생명들은 기의 쇠약이 뒤따른다. 즉 도에 순응하지 않으면 서둘러 생명을 재촉한다. (필자)

(2) 중후한 덕을 품은 이는 갓난아이와 같으니, 독충이 쏘지 않고, 맹수도 덮치지 않으며, 독수리도 할퀴지 않는다. 뼈는 약하고 근육은 부드러우나 단단히 움켜쥐고, 남녀를 알지 못한 채 온전히 자라서 완전한 정기를 보존하고 있으며, 종일토록 울어대도 목이 쉬지 않는 지극한 조화를 이루고 있다. 조화를 알아야 항구하고 항구함을 알아야 명석하다고 한다. 사람들은 잘 사는 것을 상서롭다고 하고, 마음대로 기운을 쓰는 것을 강하다고 하나, 장성해지면 노쇠해지는 법이라, 이는 도가 아닌 것이니 도가 아닌 것은 일찍 끝난다. (임채우)

(3) 덕을 두터이 지닌 사람은 갓난아이와 같습니다. 독 있는 벌레나 뱀이 쏘지도 못하고, 사나운 짐승이 덤벼들지도 못하

고, 무서운 날짐승이 후려치지도 못합니다. 그 뼈도 약하고, 그 힘줄도 부드러우나 그 잡는 힘은 단단합니다. 아직 남녀의 교합을 알지 못하나 음경도 일어서고, 정기도 지극합니다. 하루 종일 울어도 목이 쉬지 않습니다. 이것이 완전한 조화입니다. 조화를 아는 것이 영원입니다. 영원을 아는 것이 밝음입니다. 수명을 더하려 하는 것은 불길한 일이요, 마음으로 기를 부리려 하는 것은 강포입니다. 무엇이나 기운이 지나치면 쇠하게 마련, 도가 아닌 까닭입니다. 도가 아닌 것은 얼마 가지 않아 끝장이 납니다. (오강남)

상대적으로 볼 때 학문적으로 훌륭하며 자연스럽고 유연하다고 판단되는 서로 다른 (2)와 (3) 두 개의 해석본과 비교, 혹은 대조를 통해 무엇보다 텍스트의 방법적 전략과 지향이 다르다는 것을 확인할 수 있다. (1)의 해석이 다른 두 본과 근본적으로 차이를 연출하는 것은 텍스트를 하나의 완결된 서사로 인식하고 있는 부분에서다. 그 인식의 차이가 더 작은 단위의 텍스트와 더 큰 단위의 텍스트의 관계를 맥락화하는, 따라서 하나의 서사적 완결을 위한 해석으로 나아가게 한다.

논란이 가능하다. 문제는 그러므로 그 시비를 넘어서는 해석적 '황홀'恍惚일 터이다. 해석의 차원을 높이기 위해 이 텍스트를 해체–재구조화하면,

⊙ 후덕함은 적자(잠재태로서의 아이, 혹은 에너지가 최고인 생명)에 비유된다. 가령 벌과 독사의 정력에 버금할 만하고, 맹금의 유연함과 강한 힘에 대적할 만하다. 그 부드러움과 유연함에서 나오는 강한 정기 때문에, 성교함에 정력의 최고 상태에 도달해, 온종일 괴상한 소리를 질러도 목이 쉬지 않을 정도로 교합의 절정을 이룬다. 그 교합의 짝을 찾는 것을 영원함이라 하고 이를 경험하는 것을 날 새는 줄 모른다(궁극에 이르렀다)라고 한다.

ⓛ 그런데 이를 위해 작위적으로 기를 북돋우려 하면 재앙을 맞는다. 술수를 부려 기를 북돋는 일을 억지로 하면 결국 뭇 생명들은 기의 쇠약이 뒤따른다. 즉 도에 순응하지 않으면 서둘러 생명을 재촉한다.

이렇게 두 조각의 토픽으로 분절 가능한데, 성애의 아름다움

을 묘사하는 ㉠부분과 이에 대한 반성적 사유를 드러내는 ㉡
부분으로 대분된다. (2)와 (3)에서도 엿볼 수 있듯이 거개의
해석은 ㉠과 ㉡을 연속적 맥락으로 읽거나 도와 덕의 관계적
이해를 위한 비유 정도로 끝내는데, 결과는 난삽하거나 추상
적이다. 말하자면 노자의 도나 덕이 관념적이거나 추상적이라
면 이 토픽의 이해도 그 위계에서 궤를 같이한다는 것이다. 인
위적으로 맥락화를 위해 접속사를 첨부하였지만, 그러나 맥락
상 ㉠과 ㉡은 전혀 별개의 에피소드라는 것을 상정할 수 있
다. 전자는 주지하듯이 에로스의 어떤 극치에 대한 묘사이며
후자는 에로스의 작위성, 다시 말해 플라톤식으로 부연하면
아리스토파네스의 에로스 담론이 흥미롭기는 하지만 진정한
에로스는 그것을 포괄하면서 초월하는 다른 차원의 것이 있
다는 것으로 요약된다.

비약한다면 우리는 후자의 지문을 성찰적 담론이라고 지
칭할 수 있다. 면밀하게 이해할 때 전자의 극치는 52장의 '습
상'으로 수렴되며, 후자의 궁극은 71장으로 맥락화된다. 맥락
적 독서에서 노자의 경우 에로스의 극치는 생명의 근원으로
서의 여성성의 상징인 '모母'로 귀결된다. '기관없는 신체'에 비

유되는 어떤 잠재태로서의 아이는 그러므로 천하만물의 근원인 모의 생명현상(열고 닫음, 생산하는 일)을 통해 자신의 존재성을 획득한다. 그 아이가 응시하는 것은 '견소見小'로, 이 함의가 포괄하고 있는 열림과 닫힘의 사이, 혹은 변증적 운동성을 이해하려는 지혜다. 노자는 그것을 다시 '미명微明'이라고 했다. 그 미명이 지닌 잠재태로서의 생명을 읽는 과정을 '용기광用其光', 즉 미명의 빛을 통해 그 의미를 깨닫는 것이라고 할 수 있다. 깨달음과 실천은 동시에 일어난다. 그러니까 에로스는 모와 긴밀한 호응관계에 있음을 우리는 맥락적 독서를 통해 인지하게 된다.

후자의 경우 플라톤의 디오티마나 소크라테스의 변명과 유사하게 겹치고 있음을 직감할 수 있는데, 그것은 에로스가 단순히 남-남, 여-여, 남-여 등의 교합 이상으로 의미를 확장할 때 삶의 새로운 차원의 질적 확산이 일어난다는 점이다. 그 매개가 반성적 사유라고 할 수 있는 언어의 욕망이다. 플라톤은 언어의 욕망이 다른 형태의 에로스의 극치를 연출한다고 주장한다. 그 주장은 그러나 노자가 이미 기획-실천했던 것이다.

55장이 발화하고 있는 두 개의 뚜렷한 서로 다른 구성은 바로 에로스가 육체의 아름다움을 넘어 그 내면의 단계까지를 포괄해야 완성될 수 있다는, 완전한 사랑에 대한 로고스다. 그 로고스에 대한 각론이 71장의 무지에 대한 사변으로 재현되고 있다. 직역하면 "알지 못하는 것을 아는 것이 선이다. 알지 못하면서 안다고 하는 것은 병이다. 병을 병으로 알 때 병을 고칠 수 있다"로 맥락화된다. 우리는 여기서 학문하는 태도의 본질을 엿본다. 그 본질은 반성하는 사유로부터 맹아한다. 그러니까 에로스의 다른 한 쪽인 반성적 사유는 에로스의 완성을 위한 생명활동의 주요한 다른 한 축이 되는 것이다.

로고스를 향한 호소는 그 최종심급에서 언어에 대한 깊이를 요구하게 되어 있다. 우리는 이에 대한 탁월한 인문적(과학적) 지혜를 떼야르 드 샤르댕을 통하여 경청할 수 있다. 한때는 가장 충성스러운 예수회 사제였으나 마침내 파문을 당했으며, 그 결과 그의 사랑하는 고향으로부터 추방되어 유랑하는 삶 속에서 말년의 생을 마감한 샤르댕은 고고학과 지질학에서 전무후무한 불후의 업적을 남겼으며, 생물학, 인류학,

과학철학을 포괄하는 발군의 저술(『인간의 미래』, 『신성한 주변』, 『동물학으로 본 인간무리』 등)을 통해 우주와 지구 생태계에 대한 다른 차원의 혜안을 제시한 바 있다. 그 혜안의 핵심인 그의 사랑학의 본질은 플라톤의 에로스를 관통하면서 더 나아가 인간의 '반성하는 의식'에 대한 탐구로 수렴된다. 그의 입을 대신해 발언한다면, 우리는 인간이 다른 영장류와 차별화되는 가장 큰 특징을 '반성하는 힘'으로부터 찾을 수 있을 것이다. 떼야르 드 샤르댕은 그 능력을 인간의 본질이라고 파악하고 있다.

그에 의하면 "반성이란 그 말이 가리키는 대로 우리 자신에게로 돌아가는 의식의 힘"이다. 다시 말해 "우리 자신을 '대상으로' 놓고 자신의 존재와 가치를 헤아리는 능력이다. 그러므로 반성은 단지 아는 게 아니라 자신을 아는 것이요, 그냥 아는 게 아니라 안다는 것을 아는 것"이다. 이는 최초의 인간이 우주와 지구로부터 다른 여타의 존재들과 더불어 진화를 거듭해오는 과정에서 차별화되는 특별한 생명활동으로 평가된다. 우주와 지구생명의 첫 출현을 샤르댕은 세포의 혁명으로 개념화하고 있는데, 노자 식으로 비유하면 '천지지시'天

地之始로 표현되는 그 세포혁명의 밖은 복잡화의 증가와 함께 다양한 생명적 요소들의 서로 닮음이, 혁명의 안(그러니까 의식, 혹은 마음)으로는 의식(얼)의 증대가 함께 일어난다고 하면서, "얼의 변화에 세포조직이 발견되었다는 것"은 결코 우연이 아님을 증언한다. 다시 말해 "물질의 종합 상태가 증가하면서 그와 함께 의식도 증가하"는데, 이를 조금 더 부연하면 "바깥으로는 새로운 형태의 미립자 집합이 이루어져 다양한 크기의 무한한 물체가 더욱 유연하고 농축된 조직을 형성하"고 "안으로는 새로운 형태의 활동 곧 의식의 움직임이" 나타난다. 이처럼 "분자에서 세포로 옮겨가는 것 곧 생명의 발걸음을 우리는 이중변화로 설명할 수 있"다. 그런데 그런 변화의 결과는 무엇인가? 우리는 그것을 "자연에 발생한 물리학 사실이나 천문학 사실만큼이나 뚜렷하게 읽을 수 있다. 자기에게로 돌아가는 반성하는 존재, 그는 곧 새로운 세계로 뻗어나갈 수 있게 된다. 사실 다른 세상이 탄생한 것이다. 추상화, 논리, 선택, 발명, 수학, 예술, 공간과 시간의 측정, 불안, 사랑의 꿈…. 이 모든 것이 자신을 향해 새로 이룩된 중심의 들끓음 바로 거기서 나오는" 것이다. 부연하자면 우리가 말하는 생명현상이란 우주와 지구를 싸고 있는 모든 사물들의 "의식의 상승이기 때문에 깊이의 변화 없이는 계속 앞으로 나갈 수 없"는 것이다.

사랑이 중요한 것은 그것이 생명현상의 가장 고귀한 진화의 본질에 가깝기 때문이다. 그래서 "만일 아주 미약하나마 분자에게도 서로 하나가 되려는 욕구가 없었다면 높은 단계인 인간에게서 사랑이 나타나는 것은 물리적으로 불가능하다. 우리에게 사랑이 있다고 하려면 존재하는 것에는 모두 사랑이 있다고 해야 한다. 우리 둘레에서 수렴하며 올라가는 의식들 어디에도 사랑은 빠지지 않는다… 사랑의 힘으로 세상의 조각들이 모여 세상을 이룬다. 이것은 무슨 비유가 아니다. 시 이상이다. 우주의 샘과 같은 그 힘을 느껴보려면 사물의 안으로 들어가 보면 된다. 거기에는 끌어당기는 얼(의식)이 있기 때문"이다. 다시 말해 "사랑은 우주의 얼이 개체에 수렴될 때 개체 속에 직접 남은 흔적 이상도 이하도 아닌"[21] 것이다. 반성하는 의식은 그러므로 사랑을 절대적 전제로 한다. 그 사랑이 반성하는 의식과 함께할 때 근대의 과학과 자본 축적을 비약적으로 확대시켰다. 그 중심에 데카르트가 있다. 그의 공과는 선명하게 대립된다. 대립의 다른 편에서 볼 때, 데카르트의 사물과 세계를 향한 회의정신은 인간과 다른 관계들을 대립쌍을 통해 차별화하고 객관화함으로써 인간중심주의, 유럽중심주의, 남근중심주의의 근대 이데올로기를 견고하게 하는 데 결정적 기여를 한다. 그 밑바탕에 "cogito ergo sum", 즉 회의(반성)하는 주체로서의 인간이 있다. 그런데 그 인간은 자신이 회의하는 존재라는 것만은 의심할 수 없다,라는 명제를 전파함으로써 사유하는 주체로서의 인간은 자신과 세계를 보다 투명하게 응시할 수 있는 에너지를 얻게 되었다.

그러나 더욱 중요한 것은 그 태도의 모티브를 노자가 이미 일러 주고 있다는 점이다. 우리는 노자의 사랑학이 얼마나 깊고 역동적인지 확인할 수도 있다. 그것을 웅변하고 있는 유사 키워드가 바로 '자慈'인데, 이 자애의 의미망을 통해 노자의 정치가 에로스로부터 싹 터 '반성적 사유'(플라톤의 로고스, 혹은 philosophia)를 매개로 마침내 정치적 에토스(노자의 '덕') 정치를 위한 키워드로 어떻게 작동되고 있는지를 명징하게 간파할 수 있다. 노자의 에로스가 정치, 국가, 미학, 삶의 미묘한 원리, 사회적 일상 등과 같은 미시적인 리좀적 관계로 연결돼 있음은 텍스트를 통해 인지된다. 문제는 이 자애의 범주가

도나 덕의 위계와 어떤 차등의 관계로 이해되고 있다는 점인데, 이에 대해서도 조금 더 깊이 있는 응시가 요구된다. 왜냐하면 이 차등의 위계 때문에 노자와 공자를 변별화하는 갈등의 발단이 되며, 그 이유로 세계를 인식하는 시야의 근본적 차이로 읽는 일들이 번다하기 때문이다. 이것은 노자뿐만 아니라 공자를 읽는 데 가장 큰 왜곡으로 작동한다. 비교적 약간의 차이를 가지고 있긴 해도 노자와 공자를 같은 시대의 인물로 볼 때, 이런 인식의 차이를 세계관의 차이나 정치와 미학에 대한 그것으로 바로 대입하는 것은 위험하며, 그렇기 때문에 어떤 매개를 요구한다.

노자 사랑학의 절정이 플라톤의 그것과 어떤 차이를 발견하기 어렵다는 판단의 밑층에는 보다 깊이있는 노자 읽기의 강제가 있다. 노자에 있어 '자'의 개념은 사랑만으로 단순하게 환원되지 않는다. 복잡화하는 단계로 그것은 진화하며, 궁극적으로 정치적 원리를 향해 나아간다. 가령, 18장의 텍스트를 완결된 구조로 놓고 읽으면 '자'는 다른 인이나 의, 효와 함께 도의 하위적 개념으로 설정된다. 그러니까 사람의 삶이 골육상쟁의 짐승 상태가 되면(도가 소멸하면) 인과 의, 효와

자애를 간구하게 되어 있다는 것이다. 그렇다면 여기서 '자'
는 도나 덕의 각론적 차원으로 위계화된다. 그러나 이런 해석
은 난센스로 전락한다. 이 문제의 해소를 위해 우리는 61장의
은유를 맥락화해야 하는데 국가 간 역학관계를 슬기롭게 헤
쳐나가는 원리로 여성성이 작동되고 있다는 것이 그 핵심이
다. 그 여성성의 은유인 '하류下流'(모든 힘이 모이는 곳. 곡신의
비유)는 국제관계, 인간관계, 사회적 그것을 포함한 만물의 작
동방식에 윤활유가 되고 있다. 정치와 에로스의 관계적 극치
를 여기서 발견할 수 있다. 쟁투와 전쟁과 18장에서의 '골육
상쟁'과 '국가혼란'이라는 극한까지 다다른 상황의 매듭을 푸
는 열쇠의 역할을 에로스의 다른 한쪽인 로고스적 '자'를 통해
해소할 수 있다는 비전은 탁견이다. 주목하는 61장의 텍스트
에서 갈등과 충돌은 '묘령의 여인'[牝]을 축으로 관계의 신뢰
와 평화를 지속할 수 있다. 묻는다. 그 힘이 무엇인가. 두말할
필요 없이 사랑이다. 여기에 이르면 18장에서 피상적으로 혹
은 자구의 일차적 반응으로 이해한 도와 인, 의, 효, 자, 충, 신
과의 위계적 이해는 재고되어야 한다. 도와 인, 효 등과의 관
계는 리좀적이며 동시적인 것이다. 다시 말해 도가 없으면 인

과 효도 없으며, 그렇기 때문에 특히 정치적 현실에서 사랑의 인식은 보이지 않는 힘의 에너지로 하여 더욱 중요해진다. 역설적이게도 사랑이 없으면 근본으로서의 도도 현실에 뿌리내리지 못한다. 그 이유로 말미암아 은유로서의 '묘령의 여인' 앞에 온 천하의 에너지가 모이게 되며, 그 여인을 따르고, 간구하게 만든다. 노자가 67장에서 세 가지 보물 중 하나로 칭하는 '자'는 사실 다른 '검儉' '감위천하선敢爲天下先'과 한 몸이다. 그러니까 정치적 겸손과 검약함이 자애와 같은 위계에서 서로 중첩되고 있는 것이다. 그 겹침의 한가운데를 사랑慈이 관통한다. 마침내 노자가 말한다. "사랑 없이 정치를 하면 국민을 고통스럽게 하여 죽이기까지 한다. 사랑으로 전쟁에 임하면 승리하고 그것으로 지키면 견고하여 장래를 약속할 수 있다." 사랑이 그 모든 것의 모토이자 궁극적 실천의 작동원리가 되어야 하는 이유이다.

　노자 정치학의 최종심급은 궁극적으로 '사랑의 원리 속에 구현된 공동체'로서의 '소국과민'을 목표로 한다. 도덕경의 지배소인 에로스와 정치(국가)는 하나의 원리 속에 이중구속돼 있다. 이중구속은 높은 단계의 언어적 은유를 바탕으로 한다. 그 은유적 언어를 매개하는 것은 사랑이다. 사랑의 언어가 세속적 정치의 한계를 초월하는 힘을 내재하고 있다는 것은 진리다. 우리는 그 한 보기를 현대 한국의 분단체제를 배경으로 하고 있는 『회색인』에서 발견한다. 최인훈 문학을 대표하는 이 소설은 병영국가 형태로서의 분단체제에 갇힌 독고준의 자유와 민주주의에 대한 본질적 질문의 형식으로 구조되어 있다. 짙은 관념과 현실에 발 딛지 못하고 배회하는 지적 유희의 절규처럼 보이는 이 텍스트는 그러나 최인훈 문학의 가장 높은 단계의 리얼리티를 웅변하며, 분단체제 이후의 국가와 삶의 생태를 예리하게 응시하고 있는 것처럼 보인다. 일차적으로 이 소설을 지배하는 관념은 자유와 사랑이다. 박람강기에 가까운 독고준이 '1958년 어느 비가 내리는 가을 저녁'에서 '1959년 어느 비가 내리는 여름 저녁'까지의 서사적 시간을 배경으로 활동하는 이 소설은, 한국 민주주의의 진정한 회복을 위해서는 급진적 혁명을 통해서만 가능하다고 믿는 김학과, 김학의 그 주장은 오히려 보다 낮은 생활차원에서의 사랑으로서만 성취 가능하다고 믿는 독고준의 회색적 진실과 격렬하게 대립한다. 이 땅의 지식인이 보여줄 수 있는 가장 아름다운 의식의 제전으로 평가될만한 논쟁을 절정으로 이끄는 것은 독고준의 한국 민주주의에 대한 근원적 불가능성을 주장하는 지점에서다. 그가 보기에 한국 민주주의는 태생적으로 불가능성을 안고 있는데, 그 이유는 식민지와 제국주의 경험이 전무하다는 것이며, 반대로 오히려 일제 식민지를 체험하기까지 한 우리에게 가능한 출구는 나침반과 시계 없는 배 같은 정신적 아노미를 전제해야 하기 때문이다. 반면 혁명적 급진주의자 김학에게 한국의 민주주의는 민족주의의 다른 이름이다. "만일 상해 임시정부가 해방 후 초대 내각이 되었더라면, 사태는 훨씬 좋아졌을 것이다. 그들은 선거 없이 그대로 정권을 인수한다… 국가는 신화로 시작되는 것이기 때문에 그들은 우선 친일파를 철저히 단죄했을 것이다"에서[22] 보듯 독고준의 현실인식과 대척점에 서 있다. 이 화해할 수 없는 인식의 차이가 독고준으로 하여금 현실 불가능한 민주주의를 넘어 사랑으로 나아가게 한다. 여러 경로를 거쳐 도달한 독고준의 한국현실을 향한 응시는 퇴행적이며 개량적인 것처럼 보이는 현실 수용이다. 고독한 단독자로서의 삶은 감내하기 힘든 현실보다 더 큰 불행이다. 이중의 고통이 주어져 있는 것처럼 보인다. 삶의 희열은 그 고통을 응시함으로써 일어난다. 에로스를 향한 열망이 그것이다. 소설에서 독고준을 어떤 삶의 지속으로 이끄는 힘은 사랑이다. 『회색인』과 『서유기』를 관통하는 '이유정'을 향한 열애는 박제된 젊음이 자유의 이름으로 행할 수 있는 가장 아름다운 의식의 도가니라 해도 과언이 아니다.

우리는 그 의식적 열광, 그 열망이 행한 생명의 무한 긍정에 대한 에로스를 어떤 언어로 설명할 수 있을까. 그렇기 때문에 그들의 열애가 막힌 출구를 열기에는 한없이 무력하고 고통스러우며 퇴행적이기까지 하지만, 그럼에도 답답한 현실을 낮게 기어가는 것, 그리고 마침내 이유정의 문 앞에 당도하여 열화와 같은 의식의 도가니에 침잠하는 것을 사랑이 아니라고 부정하기는 어렵다. 독고준이 김학을 보내고 그 길고 고독한 시간을 견디기 위해 이유정의 방문을 열고자 했을 때, 그 짧은 시간과 동선에 반비례하여 급속하게 높아지는 의식의 가열성과 번뇌하는 역사적 시간의 파노라마를 상상하는 독자의 마음은, 그의 사랑이 단순한 생의 비루한 연명의 차원을 넘어 '사랑의 원리 속에 구현된 공동체'적 진실을 향하고 있을지 모른다는 희망을 상정하지 않을 수 없게 한다. 우리는 사랑의 원리 속에 구현된 삶의 공동체를 국가주의의 다른 대안인 마을꼬뮌이라고 그려보아도 좋을 것이다. 독고준의 정치적 세부가 여기에 미치고 있는 것은 아니지만, 그 맹아의 모습을 잉태하고 있음을 부인하기 어렵다. 최인훈의 정치적 이데아는 그렇기 때문에 추상을 완전히 벗어나지 못한 미완의 형식으로 남아 있다.

반면, 노자의 '소국과민'은 80장에 구체적으로 명기돼 있다. 소국의 이념은 문자 이전 시대(구술시대)의 풍속을 복원하는 것을 원칙으로 한다. 과거로 환원하자는 의미가 아니라 그 시대의 인간관계, 사회적 위계와 풍습, 정보 소통과 삶의 비전 등에서 취할 바가 있다는 것이다. 그것이 무엇일까. 닭 우는 소리, 개 짖는 소리가 들릴 정도로 가까이 있는 이웃국가와의 관계가 평화와 사랑으로 유지된다면 군대와 무기가 굳이 필요하지는 않을 것이다. 아니 더 정확하게는 군대가 없는 국가가 가능할 수 있는가에 대한 질문이 더 핵심이 될 것이다. 이 지점에서 노자는 공자와 갈라서는 것처럼 보인다. 노자의 전쟁관은 근본적으로 싸우지 않는 것이다. 싸우지 않고도 이기거나, 혹 지더라도 적국과 일정한 예의를 갖추는 관계를 유지할 수 있을 때 그 전쟁은 상처를 남기지 않는다. 그렇기 때문에 69장에서처럼 "전쟁에 임함에 손님을 맞듯이 하고, 한 치를 나아가면 한 척을 물러서는 마음이 요구된다. 이런 태도가 활을 쏘지 않고 적을 대하지 않고, 군대를 징집하지 않고도 물리치는 무행의 힘이다. 적을 가벼이 대하면 반드시 큰 화를 입는다. 싸움에 임할 때는 측은지심을 지녀야 하는 것이다"라는 구체적 전쟁관으로 나타난다. 군대가 만약 있어야 한다면 사람을 죽이기 위한 것이 아니라 살리기 위한 상생의 훈련, 무행의 훈련이 요구되는 것이다. 자애(박애)와 좋은 정치가 그 실천덕목이 될 것이다. 73장 "전쟁에 임함에, 용맹한 것처럼 보이는 자 먼저 죽임을 당하고 오히려 이를 감추는 자 살아남는다. 양자는 혹은 이롭고 혹은 그렇지 않은데, 이 원리를 누가 알 수 있겠는가. 하늘의 도는 싸우지 않고 이기고, 말하지 않아도 서로 통하고, 엉성한 듯해도 좋은 결과를 꾀할 수 있는 것이다"라는 지문에서 주목해야 하는 것은 — 오독하면 흡사 노자의 퇴행적 세계관이나 기회주의로 착각할 수 있을 — 노자의 핵심 사상인 빛과 어둠, 삶과 죽음, 하늘과 땅, 나아감과 물러남의 변증적 긴장을 통해 우리의 삶이 어떻게 나아가야 하는가를 예리하게 적시하고 있는 대목에서다. 우리가 피상적으로 알고 있는 것과 달리 군대와 군인의 용맹은 가식이나 무지한 용맹이며, 싸움을 즐기는 자의 힘의 과시가 얼마나 무모한 것인가를 은유적으로 표현함으로써 나약하며 감추고, 물러서는 것이 비겁하거나 기회주의가 아니고, 전체적인 긴장관계에서 부쟁, 불언, 불초, 천연天然의 단계로 승화하는 동기로 작용한다는 것을 이해하는 일이다. 그런 군대와 군인은 나아감에 앞서 반드시 물러남을 먼저 준비한다. 그것이 생명에 대한 사랑과 평화의 마음을 낳고 생명을 지속가능하게 하는 최고의 실천 덕목이다. 그렇기 때문에 좋은 정치가 반드시 요구된다.

노자가 말한 도는 사랑의 다른 이름으로 대체할 수도 있다. 말하자면 도란 무엇인가란 질문은 사랑이란 무엇인가의 다른 이름인 것이다. 그 도를 실천하는 것을 덕이라 한다면 덕이란 바로 좋은 정치다라는 유추를 궁극적으로 이끌어낼 수 있다. 『도덕경』을 지배하는 핵심 키워드는 정치에 대한 질문이다. 그런 점에서 노자도 공자와 거시적으로 같은 시선 속에 있다. 그 방법적 차이는 변증적 긴장의 관계로 이해하는 과정을 필요로 한다.

좋은 정치의 필요에 대해 노자의 언어는 지속적인 개진을 시도하고 있다. 부연하면 전쟁에 대한 인식이 그것들 중 가장 중요한 덕의 실천 덕목에 해당한다고 할 수 있다. 이를 집약하고 있는 68장에서 노자는 "좋은 정치란 전쟁을 하지 않으며 더불어 살고자 하는 실천, 용인의 능력, 순리에 따르고자 하는 자세를 일컫는다"고 설파한다. 전쟁을 하지 않기 위해서는, 또 소국과민의 현실적 원리를 위해서는 필연적으로 군대의 운용을 직시하지 않을 수 없다. 군대는 현실적 욕망의 극대치이며 유혹이다. 눈앞에 보이는 힘과 죽임의 위기는 용병의 쓰임을 간절히 욕망하게 되어 있다. 이에 대한 깊이있는 응시는 지금까지의 현상적 이해를 난센스로 치부하게 만든다. 노자의 정치에 대한 현실 이해가 현저히 떨어지는 것처럼 보이는 결정적 동기는 바로 군에 대한 추상적 판단에 있는 것처럼 보인다. 그러나 과연 그런가. 우리가 고도의 문자행위를 하고, 이를 통해 진화의 질적 확산을 거듭해오는 동안 군대의 근본적 문제를 테이블 위에 올려놓는 용기를 실천해본 경험이 있는지를 먼저 물어야 한다. 노자의 화두가 현재성을 띠고 있는 것은 지금-여기의 시대와 삶에도 유효한 준거를 마련해주기 때문이다. 영국의 식민지를 경험하며 사랑을 무기로 싸워 독립을 쟁취한 간디가 근본적으로 직시한 것이 바로 그 문제이다.

노자의 소국과민의 현대적 해석으로 평가되는 간디의 '마을공화국(판차야트)'은 70만 개의 마을로 구성된, 영국으로부터의 해방 이후 자유인도의 미래를 위한 평화헌법을 통하여 면밀하게 주석되고 있다. "자유인도의 행정 기본단위는 자급자족 및 자치의 마을이 된다"라는 서문으로 시작되는 『자유인도를 위한 간디의 헌법안』에는 시장자본주의와 병영국가주의로 포장된 근대국가 체제 이후의 국가구조에 대한 성찰적 기획과 함께 국가기능, 교육, 치안, 산업, 무역과 상업, 위생, 의료제도, 사법, 재무 및 과세 나아가 그 하위단위인 레크리에이션까지를 포괄하는 정치과정을 면밀하게 구성하고 있다. 거기서 그는 "마을공동체는 작은 공화국이다. 필요한 것 거의 전부가 마을 속에 있고, 바깥과의 관계로부터 거의 독립해 있다. 마을 이외의 것은 아무것도 남아있지 않을 때에도 마을은 남는다"라는 비전을 제시하면서, "국가는 농축된 폭력이다. 개인에게는 영혼이 있지만 국가는 영혼이 없는 기계이다. 국가의 존재 자체가 폭력에 유래하기 때문에 폭력에서 유리되는 것은 불가능하다"는 의미심장한 견해를 피력한다. 그 국가의 폭력을 전위에서 수행하는 것이 바로 군대다. 그러므로 그의 비폭력주의는 '군대해산'이 평화의 궁극적 출발점이라는 전위적 인식에까지 닿아 있다. 특히 군산복합체의 형태를 띤 근대이후 제국의 군대는 경제, 정치, 법, 문화의 총체적 형식을 지님으로써 폭력의 재생산을 위한 첨병이 되고 있다.

우리가 이해하고 있는 것과 달리 20세기를 통하여 대부분의 군대는 사실상 외국인(6845만 2000)보다 자국민(1억 3475만 6000)을 더 많이 죽였다. 이는 "군대가 국민을 외국의 적으로부터 지키기 위해 존재한다는 고정관념과 모순"된다. "세계의 많은 국가에서 군대는 국민과 싸우는 것 이외의 목적을 갖고 있지 않"다. 근본적이고도 심각한 문제는 그러므로 군대의 비대화는 필연적으로 전쟁을 불러온다는 점이다. "군대의 유일한 상품은 전쟁"이기[23] 때문이다. 자본주의 경제의 하위체제로서의 군산복합체는 국민과 시민을 위해 생산하는 제도라기보다 생산과 파괴의 순환에 기초한 제도이다. "전쟁과 전쟁 준비"

는 국가주의 경제시스템의 필수불가결한 요소가 되는 것이다.

아마도 노자의 초기 소국과민과 군대의 개념, 유기적 관계를 이보다 더 명증하게 설명하는 텍스트는 발견하기 어려울지 모른다. '결승結繩'을 복원하여 사용하는 소통체계를 가능하게 하는 사회는 서로가 서로에 자애(박애)로우며 그렇기 때문에 전쟁의 무기를 사용하는 것이 죽임과 관계한다는 궁극적인 국가 이해에 도달하게 된다.

그렇다면 현대에도 소국과민과 유사한 정치가 가능할 수 있을까. 만약 가능하다면 어떤 기획이 요구될까. 근(현)대와 근대이후의 정치와 문화를 패러다임의 차원에서 직시할 때, 우리는 현 단계 디지털 혁명을 통해 전개되고 있는 새로운 문화적 비전을 문화혁명의 차원으로 승화할 수 있는 몇가지 모티브를 상기해볼 수 있다. 근대이후의 비전과 관련하여 특히 현단계 디지털 문화혁명이 중요한 것은 근대적 문화와 국가의 구조를 균열내고 새로운 민주주의와 새로운 국가의 가능성을 동시에 촉발할 수 있는 '삶의 영구혁명'을(르페브르는 68혁명 이후의 비전을 "국가의 소멸은 여전히 목표이며 의미이다… 혁명이 어려워지고, 또 혁명이 다른 차원으로 물러서고 있는 때에,

문화의 차원이 눈에 띄었다"라고 언술하고 있는데, 바로 '디지털 노마드'로 통칭되는 새로운 문화의 시대를 디지털 민주주의를 넘어 새로운 국가 형태의 '직접행동민주주의'로의 진입으로 상정해볼 수도 있다) 내포하고 있기 때문이다. 인터넷을 통해 전개되고 있는 새로운 형태의 '직접민주주의'는 초기의 부족국가에서 행해지던 유사민주주의를 비근한 형태로 재현하고 있는 것처럼 보인다. 디지털 혁명으로 야기된 인간관계의 변화와 정보 접근의 새로운 양상은 의식의 변화와 삶의 변화를 다양한 형태로 촉발하고 있다. 주지하듯이 초기 부족국가의 마을 형태에서 엿보이는 구술성의 문화, 사람과 사람간의 미디어성, 사적 영역과 공적 영역의 혼재, 사생활의 노출과 부재, 상대적으로 빠른 정보 유통과 균질적인 정보 공유, 직접민주제의 작동 가능성, 자생적인 평판체계의 작동[24] 등은 새로운 민주주의와 관련하여 주목을 요하는 대목이다. 그런데 이러한 원리가 작동하기 위해서는 근본적으로 인구 수의 적절한 제어가 필수적이다. 게마인샤프트로서의 꼬뮌을 주목하는 이유이기도 한데, 던바는 그것을 약 150인 정도, 혹은 많아야 100호 내외의 가구로 규정하기도 한다. 정보의 소통과 속도, 인간관계의 친화성을 높이기 위한 과학적 원리와 제약이 요구되기 때문이다. 가령, 끌로드 레비-스트로스의 재구성을 통해 공개된 케지라 촌락의 보로로족 주거 구성도를 보면 독신자 주거지를 중심으로 약 200m 내외의 구역 안에 촌락이 원형의 배치를 이루고 있는데, 이는 이 촌락의 민주주의와 그에 따른 삶의 방식을 지혜롭게 지속하는 데 중요한 의도적 공간 설계인 것처럼 보인다. 놀라운 것은 그 공간의 인구밀도와 인간관계, 정보의 유통이 마치 오늘날 우리가 디지털로 접하는 새로운 형태의 정보커뮤니케이션과 유사한 패턴을 보인다는 점이다. 가령, 문자화된 구술성(혹은 구술문화의 복원), 중첩된 공간, 공적 영역과 사적 영역의 모호성, 개인미디어의 등장, 실시간 커뮤니케이션과 이를 통한 직접민주제의 가능성, 평판체계의 재구성, 집합적 지성의 출현 등은 근대자본제에 의한 국민국가와는 전혀 다른(특히 병영국가주의 형태의 한국) 새로운 문화혁명의 가능성을 엿보게 하는 보기이다. 가능성의 중심에 '내 안의 혁명'을 넘어서는 구조 변화에 대한 열망이 있다. 이것이 노자의 정치철학에 대한 재해석의 요구에 직면하게 되는 근원적 이유이기도 하다.

인문적인 것의 학

동시대를 가로지르는 몇 인문의 깃발들은 수상하다. 유행하는 값싼 분장을 한 그것들은 심지어 우아하고 화려하기까지 하다. 우리는 넘쳐나는 노자 담론이 그 예라고 말할 수도 있다. 퇴행 담론의 이면은 소란스럽고 한편으로 번쩍거린다. 이 이중노출의 가면을 벗기고 드러내기 위해서는 물음을 비껴가기 어렵다. '인문적인 것'이란 무엇인가. 아이러니하게도 노자 담론의 우아함과 심오함은 퇴행적 언어의 집적이었다는 면에서 명백히 반인문적이다. 『도덕경』에 대한 주석들은 공허하거나 '고문'의 범주에 안주하려는 관행의 어법 안에 있는 것처럼 보인다. 그러니까 그 어법들의 발화가 오늘의 세계와 마주칠 때 나는 소리는 전혀 이질적이거나 생소하거나, 관성적이거나 퇴행적이다. 왜 관행의 어법은 강한 관성에 집착하는가.

노자의 지문을 시적 메타포로 읽든, 정치적 그것으로 해석하든 강조하고 더 응시해야 하는 것은 오늘-여기의 우리 삶에 대한 긴장이다. 그 긴장의 탄력이 왜 문제일 수밖에 없는 것일까. 단순하게 보더라도 그것은 노자의 언어가 에로스의 그것이자 생명의 언어이며 역동적 에너지를 함유한 정치적 언어이기 때문이라는 생각을 지울 수 없다. 일반적인 정치적 언어가 아닌 피가 난무하고 생명이 파리 목숨처럼 버려지는 짐승의 시대를 응시하는 것을 제거하고 남는 것은 언어의 퇴행적 모호성과 미학적 수사이다. 그 포장된 언어의 모호성과 레토릭이 철학(미학), 문학을 포함하여 대학의 온갖 분과학적 담론으로 배달되고 팝콘이나 아이스크림처럼 소비된다. 거기서 만개하는 지적 유희는 아이러닉하게도 풍요롭고 즐길 만한 담론의 지속성을 강화하고 마침내 경전의 메타포로 포장되기에 이른다. 시대를 향한 값싼 지혜와 힐링은 노자의 담론이 신자유주의 시대에도 잘 포장된 위안의 언어가 될 수 있음을 시위한다. 그러나 그 단순·반복이 심오하고 우아하기까지 하다면 그 시대는 끝난 것이나 다름없다.

시대의 끝은 새로운 시대정신과 시대적 과제를 요구한다. 그런 의미에서 우리는 분단체제의 완성 혹은 끝을 향해 서 있는 '늑대인간'일 가능성을 배제하기 힘들다. 괴물에 가까운 그 인간은 '짐승과 인간, 퓌시스와 노모스, 배제와 포함 사이의 비식별역, 역설적이게도 두 세계 어디에도 속하지 않으면서 그 두 세계 모두에 걸쳐 있는 늑대인간의, 인간도 아니고 짐승도 아닌'[25] 어떤 영역이다. 그렇기 때문에 그 삶은 밝음과 어둠, 성취와 좌절, 과거와 현재, 분단과 통일, 불안과 희망을 함께 감싸고 있는 고통스런 삶이며, 그만큼 예측하기 어려운 삶이다. 그 시대를 우리는 '통일이행기'라고 명명할 수 있다.

통일이행기의 삶에 노자의 언어가 특별히 주목되는 것은 그의 정치적 어법과 관계한다. 노자의 정치적 어법을 복원할 필요가 있다. 미시적으로 좁혀서 분단체제하의 정치와 국가에 대한 질문이 필요하다. 분단은 남북 정치담당층의 권력의 지형화를 고착화하는 데 일정정도 기여했다. 그 결과 각각의 정치담당층들은 적대적 공존이라는 '특수'를 통해, 민중에 대한 정치적 억압과 고통을 일정하게 착취하는 향유를 연출할 수 있었다. 국가의 사유화가 거의 제재없이 수행될 수 있었고, 대자본-권력의 커넥션은 그 특수를 만끽했으며, 견고한 콘크리트 구조의 지속가능성을 확인했다. 어떻게 대응할 것인가. 이런 현실 속에서 노자의 정치적 어법이 유효하긴 한 것인가.

겸허하게 돌아보면 인간됨이 정치와 별개의 것은 아니다. 노자의 정치는 공자와 단순비교하면 수세적이고 퇴행적이며 무능하다. 기회주의로 흐를 가능성까지 내재한 것이다. 그러니 텍스트를 지배하는 정치적 담론의 진실을 복원하거나 혁명적으로 해석한다고 하더라도 이미 굳어진 것처럼 보이는 편견의 실체를 벗어나기는 쉽지 않다. 그럼에도 우리는 권력, 나아가 힘의 진정성을 전면적으로 재해석해볼 수 있는 미세한 틈을 주목하지 않을 수 없는데, 그 틈은 아직 건드리지 않은 영역이다. 틈으로 난 미명의 빛, 그 빛의 에너지를 사랑(에로스)이라고 명명할 수 있다면 노자의 언어는 다르게 읽힐 수 있을까. 피가 튀고 죽임이 도처에 난무하는 시대, 삶이 곧 죽임인 짐승의 시대를 넘어서는 단 하나의 기획이 가능하다면 우리는 주저없이 사랑이라고 말할 수 있을지 모른다. 노자가 그것을 먼저 응시했다. 사랑은 모든 것을 녹인다. 『도덕경』

을 관통하는 지배소는 약함, 어둠, 되돌아감, 비움, 통나무, 여성, 물로 비유되는 여성성과 생명, 평화와 자애로 압축되는 사랑이다. 이 사랑의 힘이 강한 군대를 이기고 극악무도한 정치적 논쟁을 화和로 전환하고, 짐승의 일상을 인간됨을 향한 생성의 에너지로 이끄는 잠재성이다. 노자의 정치가 사랑의 정치인 이유이다.

노자의 정치는 보이지 않는 정치이다. 사랑을 내세우지 않고 사랑을 향해 나아가는 은유의 사랑인 것이다. 그 사랑이 높은 단계의 정치임을 노자는 간파한다. 문제는 바로 이 지점에서 일어난다. 그것이 사랑의 정치라면 어떤 사랑의 정치인지를 인식하기 위해 노자와 정면으로 만나야 하는 분기점에서 우리는 당황하지 않을 수 없다. 바로 언어 때문이다. 대체로 지금까지 노자의 언어는 문서더미에 빠져 허우적거릴 만큼 무수한 주석이 가해져 왔음에도 불구하고 여전히 그 끝을 헤아리기 어려운 것은 이 텍스트가 지닌 본질적 의미에서의 언어의 잉여성(/혹은 '명령어': 들뢰즈·가타리), 혹은 불립문자의 수준에서 진행되는 수사학에 대한 전제를 배제, 간과한 경우가 비일비재한 결과, 사실 근본적인 텍스트 응시의 전환이 일어나지 않았을지도 모른다는 의심이다. 분기탱천하거나 에너지 과잉을 드러내는 경우조차도 노자시대의 언어에 갇히거나, 기껏해야 음풍농월에 가까운 과거의 재구조화에서 벗어나지 못하는 것처럼 보이는 그 문제의 발본적 원인은 언어에 대한 인식의 한계로부터 기인한다.

인식론적 단절은 어떻게 가능한가. 들뢰즈가 하나의 힌트를 준다. 망아지처럼 '탈주로(선)'를 확보하고 코뿔소처럼 질주하는 것, 대자본과 함께 국가주의 이데올로기로부터 단절할 수 있는 힘, 가령, 그렇기 때문에 북한 인민들을 예로 든다면 그들의 유일한 생명선은 국경을 넘어 도주하는 일이라는 것을 직감할 수 있다. 도주가 생명의 유일한 빛인 것은 그것이 그의 전 생애와의 인식론적 단절을 감행하는 전무후무한 혁명의 작업이기 때문이다. 남한이 그러나 상대적으로 행복하다고 단정할 수는 없다. 그러니까 그 도주가 남한행이 될 수 없다는 뜻이다(대부분 남한으로 와 '새터민'으로 살아가지만, 그것이 북한보다 행복하다고 단언할 수 없는 것은 그것이 진정한 탈주가 아니었거나 탈주의 이행이 완성되지 않았기 때문이다). 이 인식의 유추 과정에 시적 상상력, 시적 언어의 회복이 요구되는 이유이다. 우리는 노자의 언어를 문학적 언어의 수준에서 읽을 수 있는 감수성의 함양을 요구한다. 그것은 무엇보다 명증한 하나의 문제를 해소할 수 있다. 『도덕경』을 관통하는 지배소가 고도의 비의적 언어로 구축된 정치라는 점이다. 그 정치는 구체적으로 주周를 거쳐 춘추시대의 정치를 배경으로 하지만, 그것을 이월하는 보편성을 내재하고 있다. 우리는 이 시대를 통해 무엇이 좋은 정치, 삶의 과정으로서의 정치, 생명을 살리는 차원의 정치인가를, 무엇이 긴박하고 간절한 시대정신인가를 연역해볼 수 있다. 그 매개가 수사적 진리의 차원에서 화행話行되고 있는 시적 언어인 것이다. 말하자면 노자의 정치는 시적 언어의 회복, 시적 에피스테메의 복원에 있었다고 해도 과언이 아니다. 그것이 노자 사랑학의 최종심급이고 그의 정치의 궁극이다. 에로스를 생명현상의 기초이자 본질로 이해한다는 면에서 플라톤의 언어는 노자와 나란히 호흡한다. 세계의 모든 사물을 끌어당기는 에너지를 함유하고 있다는 점에서 또한 그 호흡은 거칠고 역동적이다. 아름답고 훌륭한 것을 갈망하는 삶을 가능하게 하는 힘은 바로 그 에너지로부터 기인하는 것이다. 끌어당기는 원천으로서의 에로스는 그러나 거기에 머무르지 않고 더 나은 삶을 향한 인간의 열망을 극대화했다. 만남이나 성교의 의미를 내포하고 있는 고대 그리스어 synousia가 은유하고 있는 최고의 기대지평은 아름다운 삶에 대한 갈망을 가능하게 하는 지적 향유이다. 그 지적 향유를 위한 제도적 장치와, 궁극적으로 인간됨을 위한 지적 훈련의 목록을 플라톤은 『국가』와 『법률』에 온축해 놓고 있지만, 그 뿌리는 에로스로서의 『향연』에 있는 것처럼 보인다. 테야르 드 샤르댕의 과학적 언어를 인용해 말하면 "만일 아주 미약하나마 분자에게도 서로 하나가 되려는 욕구가 없었다면 높은 단계인 인간에게서 사랑이 나타나는 것은 물리적으로 불가능하다. 우리에게 사랑이 있다고 하려면 존재하는 것에는 모두 사랑이 있다고 해야 한다. 우리 둘레에서 수렴하며 올라가는 의식들 어디에도 사랑은 빠지지 않는다… 사랑의 힘으로 세상의 조각들이 모여 생명을 이룬다. 이것은 무슨 비유가 아니다. 시 이상이다. 우주의 샘과 같은 그 힘을 느껴보려면 사물의 안으로 들어가 보면 된다. 거기에는 끌어당기는 얼(의식)이 있기 때문"이다. 다시 말해 "사랑은 우주의 얼이 개체에 수렴될 때 개체 속에 직접 남은 흔적 이상도 이하도 아닌" 것이다. 이 놀라운 통찰을 기원전에 이미 플라톤과 노자는 시대 정신의 지배소로 간파했다. 다시 한번 강조하면 그 중심에 언어가 있다. 욕망하는 언어, 향유의 언어가 생명을 지속하게 한다. 언어가 곧 에로스인 것이다. 그러니까 에로스가 인문적인 것의 중심을 관통하는 이유가 된다. 언어에 대한 자의식이 인문적인 것의 출발점이다.

하나의 현대적 예화를 빌려올 수도 있다. 동시대 가장 열정적인 삶의 소유자였으며 교양인으로, 무엇보다 감당하기 힘든 육체적 고통과 지속적인 테러의 위협 속에서도 헌신적인 평화주의자로서 팔레스타인과 이스라엘의 거의 모든 지역을 두려움 없이 달려갔던 사이드는 "인문주의는 우리가 이미 알고 느끼는 것을 — 우리에게 상품화된 형태로, 이미 만들어져 논쟁의 여지없이 무비판적으로 코드화된 확실성과 같은 것으로 제시된 것들(여기에는 고전이라는 제목을 달고 있는 걸작들도 포함) — 다시 확인해 공고히 하는 방식이 아니라, 역사 속 언어의 산물들과 다른 언어와 다른 역사를 이해하고 재해석하고 또 고심하기 위해 한 사람의 능력을 언어에 헌신하는"[26] 것 이외에 다른 아무것도 아니라는 단호한 언술을 서슴치 않는다. 사이드에게 인문은 삶 자체이자 더 아름다운 삶을 위한 기술art이며, 그렇다는 점에서 숭고한 밥이고, 미래를 향한 꿈이기까지 하다. 화석화된 대학의 인문, 인문학, 인문주의가 아니라 시장의 언어로 집적한 로고스의 바벨탑인 것이다.

에로스의 질적 확산과 승화로서의 로고스, 즉 이성의 기능의 최종심급을 '더 나은 삶'이라고 상정할 때, 그것은 단순히 물리적 조건만으로는 설명 불가능한 그 이상의 심미적 충동이 있다. 그 심미적 충동은 우리가 경험한 모든 가능한 실재와 잠재태를 왕복·운동하는 내면의 변화 에너지와 관계한다. 우리의 특별한 경험 속에서 우리는 이 로고스와 그 사유의 상상을 발견할 수도 있다. 그것이 특별하거나 발견 가능한 잠재성을 지닌 이유는 그 에너지가 모호하여vague 빛과 어둠 사이를dim 가로지르는 변화의 운동vacillating 선상에 있기 때문이다. 이것이 생명의 본질이다. 이를 간파한 듯 "이성의 기능은 삶의 기술을 증진"시키는 데[27] 있다고 설파한 화이트헤드의 목소리를 관통하는 지배소 역시 로고스다. 그 로고스의 끈을 자세히 살펴보면 플라톤에게까지 닿아 있음을 본다.

우리는 에로스에서 애지philosophia를 거쳐 어떤 영원불멸의 불사를 향해 있는 플라톤의 로고스에 대한 순환론적 사유와 심미적 거리를 상상해볼 수 있다. 그 상상은 '중묘지문→현묘→생이불유'의 노자적 사유 혹은 심미적 거리에 겹쳐 공상하는 과정을 통해 에로스가 내포한 생명현상과 그것으로 발현되는 언어의 상상을 공감할 수 있다. 그 언어의 상상을 우리는 마침내 '대문자 문학literacy'이라 불러도 좋을 것이다. 언어는 인간이 인간이기를 고집할 수 있는 거의 유일한 도구이자 목적이다. 에로스가 언어를 탄생하게 했다고 노자는 비유하지만, 더 정확하게는 언어가 에로스를 가능하게 했을 터이다. 인간은 상상 속에서 사랑하고, 상상 속에서 욕망하며, 상상 속에서 꿈꾼다. 꿈꾸는 한 생명은 지속된다. 플라톤은 이 과정의 은유를 어렴풋이 감지하고 있었다. 그가 에로스로부터 그것을 초월하는 애지의 세계, 그러니까 영원불멸의 서사적 세계를 기획하고 실천했던 이유이다. 삶의 기술을 증진하는 매개가 이성이라는 것을 직시한 화이트헤드의 사유는 그러므로 플라톤적이다. 우리는 여기서 로고스를 조금 더 확장해야 할 필요가 있을지 모른다. 아리스토파네스의 에로스론이 반이성적이라고 단정하기 어렵다는 것을 감각해야 한다는 뜻이다. 말하자면 생물학적 진리와 이성적 진리라는 이분법적 이해를 넘어서는 진리를 우리는 노자의 사유로부터 발견한다. 그것은 언어를 버리는 것이 아니라 언어의 본질에 다가가고자 하는 노력이다. 노자의 언어는 도저한 시적 은유로 넘친다. 그 언어의 그라마톨로지가 노자를 살아있는 포스트 근대의 에너지로 환생하게 한다. 그러니까 높은 단계의 언어적 응시를 우리는 마침내 인문적인 것의 학이라 부를 수 있다. 인문이란 언어를 통해 이루어지는 것이다. 인문학은 그러므로 언어를 통해 이루어지는 학문이다. 그 학문의 중심에 문학이 있는 이유이다.

그러니까 언어가 욕망하고 언어가 사랑한다. 우리는 이 지점에서 언어와 가장 치열하게 싸우고 가로질러간 한 인문주의자와 마주하게 된다. "무의식은 언어처럼 구조지어져 있다"라는 명제를 통해 라캉의 은유를 들여다보는 것은 어떤 현기증이다. '정신분석학의 네 가지 근본개념'이라는 부제를 달고 있는 『세미나11』을 관통하는 단 하나의 어휘는 '파문'이다. 그것은, 아테네의 소피스트들에 맞서 그의 언어에 환호하던 동료와 제자들에게(플라톤도 그들 중 하나였다) 새로운 변론

술을 열정적으로 설파하는 소크라테스를 연상시키는, 격렬하고 열광적인 것이었다. 그 열광이 파리정신분석학회(SPP)로부터 프랑스정신분석학회(SFP)로의 전회를 낳았다. 그에게 파문은 '대파문'(혁명)이었던 셈이다. 그 파문의 정점에 아마도 '세미나11'이 있을 터이다. '세미나11'을 다른 그것들과 현저하게 변별하는 단 하나의 키워드는 "무의식도 의식의 수준만큼이나 정교한 방식으로 말하고 기능한다"는[28] 과학적 지위를 획득하는 문제에 관한 것이다. 언어가 과학이라면 그 과학은 근대적 의미의 자연과학을 포괄하면서 그것을 넘어서는 어떤 것이다. 이 미묘한 수준에서의 언어의 이해는 그러므로 흡사 노자와 플라톤의 에로스를 연상시킨다. 그가 "헛디딤, 실패, 균열, 말해진 문장이든 쓰인 문장이든 그 속에서 무언가가 발을 헛디디게 되"고 "프로이트는 이러한 현상들에 이끌려 바로 그곳에서 무의식을 찾'을 수밖에 없다는 발언이나, 그것은 근본적으로 '어떤 기이한 시간을 갖고 있"을 것이라는 진술 이면에는 "주체의 절단(단절)이 프로이트가 욕망―우리는 잠정적으로 이 욕망을 문제의 담화 속에서 주체로 하여금 예상치 못한 지점에서 스스로를 포착하게 만드는 발가벗은(훤히 드러난) 환유 속에 위치시킬 수 있을 겁니다―과 동일한 것이라 생각했던 어떤 발견(물)이 불쑥 다시 튀어오르는 지점이라면, 무의식은 항상 바로 이러한 주체의 절단(단절) 속에서 동요하는 무엇으로서 모습을 드러"낸다는[29] 고도의 언어적 편집(증)이 있다.

우리는 그것의 궁극을, '무의식은 언어처럼~'을 사유의 극한까지 밀어 올려 '무의식은 언어다'라는 은유에 도달하는 과정으로 간취할 수 있다. 그것은 격렬한 의식적 싸움의 형식이자 과정이다. 이 과정이 높은 단계의 에로스를 잉태하거나 향유하는 생명활동의 잠재태일 것이라는 추측은 행복하다. 언어가 서사적 행위로 전개되는 과정에 인간의 무의식적 욕망이 작동하는 것은 진리다. 서구 소설의 구조에 드러난 삼각형의 도식을 통해 이 함수관계를 추론한 르네 지라르의 가설은 라캉의 그것과 긴밀한 호흡 아래 있다.

1961년 그가 존스홉킨스 대학에서 주도한 '비평언어와 인문학' 심포지엄에 데리다와 함께 라캉이 참여한 것은 의미심장하다. 텍스트를 다루는 시각과 방법에서 약간의 차이를 노출하긴 하지만, 지라르는 실존적 여러 형태의 욕망은 인간이 지닌 모방욕구가 발현된 한 양태이며, 그 모방욕구는 서구소설 구조 속에 공통으로 드러난 삼각형의 욕망을 통해 발현되고 있는데, 그 욕망은 중개자 즉 매개된 욕망이라는 것, 그렇기 때문에 매개자의 욕망은 예외없이 타인이 되고자 하는 욕망이라는[30] 흥미로운 명제를 제시하고 있는데, 그 타자적 욕망이 바로 라깡이 말하고 있는 '대상a'로[31] 환원 가능하다. 라캉은 그의 유명한 주체론에서 유년기 실존의 사회화 과정을 '부성은유'를 통해 묘파한 바 있다. 데카르트의 코기토를 창조적으로 패러디하는 과정에서 그는 "나는 존재하지 않는 곳에서 생각하고, 따라서 생각하지 않는 곳에서 존재한다"는 주장을 폄으로써, 분열된 주체(분할된 주체, 빗금쳐진 주체)의 모습을 역설적으로 그려나간다.

거칠게 말해 그에게 주체는 언어의 질서에 편입되는 한에서만 의미를 획득할 수 있다. 그렇기 때문에 그 주체는 근본적으로 분열된 주체, 욕망하는 주체, 불안을 잉태한 주체이다. 더 나아가 그 주체는 '타자성의 두 가지 형태―타자로서의 자아와 타자의 담화로서의 무의식―사이의 분열과 다르지 않다. 리비도의 한 형태로서의 욕망과 그 욕망의 외화된 기표를 통해 우리는 그것이 타자적 욕망과 다른 것이 아니라는 것을 감지하게 된다. 그 과정이 타자적 욕망으로서의 '대상a'가 타인의 실존에 대한 의식의 이면으로서의 응시regard imaginé와 만나게 되는 지점이라고 할 수 있다. 여기서 상상력은 극대화된다. 리비도적 에너지로서 욕망하는 언어가 그것을 극대화하는 잠재태로 작동하며, 가령 그 예를 잘 보여주고 있는 사르트르의 『존재와 무』는 응시를 타인의 실존에서 작동시키고 있는데, 그것은 "내가 보고 있는 응시regard vu가 아니라, 내가 타자의 장에서 상상해낸 응시"이다. 텍스트에서 그것은 보는 것과 관계없이 "사냥 도중 갑자기 들려오는 나뭇잎 소리"나 "복도에서 들려오는 발자국 소리"와 같은 청각적 자질로 묘사되고 있다. 그런 소리가 들려오는 때는 "그가 열쇠 구멍을 통해 [방안을] 응시하다가 들켰을 때"다. 그렇기 때문에 "응시는 관음증자인 그를 불시에 기습해 당황케 하며 동요시키고 수치심에 빠뜨린"다.[32]

우리는 이 비약적인 언어의 상상을 인문적인 것이라고 말할 수 있을 것이다. 응시와 관련하여 영화 『마더』(봉준호)는 주목할 만한 메시지를 던져주고 있는 텍스트이다. 피상적으로 보면(생명이 거세된 읽기, 퇴행적 감상, 관행적 인문주의) 이 영화는 '마더'의 '도준'에 대한 지극한 모성애나 그런 이유로 살인 사건에 연루된 아들의 죄를 벗기기 위한 마더의 범인 찾기 과정 정도로 요약될 수 있을 것이다. 그러나 언어의 은유가 함유하고 있는 속을 들여다 보는 일, '마더'와 '도준'의 성적 긴장과 그것에서 유발된 오인과 응시라는 창조적 독법을 수행할 때, 놀라운 독서의 변화를 가져올 수 있다. 독서의 변화가 삶의 갱신을 이끄는 촉매가 된다. 서사적으로 영화는 조각난 퍼즐처럼 파편화돼 있으며, 그렇기 때문에 텍스트를 해체–재구성하는 전략적 읽기를 필요로 한다.[33] 담화구조상 텍스트는 도입부에서 '마더'의 기이한 춤을 롱테이크로 비춰주고 있는데, 이는 엔딩씬에서도 반복된다. 그런데 앞의 시퀀스는 원칙적으로 해석 불가능하다. 영화는 약 일곱 번째 시퀀스 전후 그러니까 영화 진행 58분 38초 전후로 낯선 이미지 한 컷이 불현듯 보여주는데, 박카스병을 들고 있는 그 한 컷의 삽화는 궁극적으로 영화 전체에서 마더와 도준의 성적 긴장, 혹은 위상 변화를 가져오는 결정적 키워드로 작동한다. 부연하면 도준을 만나러 구치소에 면회 간 마더에게 도준이 5살 때 엄마가 자신을 죽이려고 박카스에 농약을 타 먹였던 기억을 환기시켜줌으로써 충격하는 것은, 도준의 입장에서 보면 자신의 살해 위협에 대한 변형된 '부성은유'의 한 형태가 된다. 이후 마더와 도준의 관계의 역학에 균열이 가게 됨을 인식했을 때 마더가 보이는 극단적 행동은 살인이며, 기이한 춤은 살인 후의 마더의 상태를 극적으로 드라마화하고 있는 이미지이다. 도준이 저능아에서 정상적 인간의 상태로 진화하는 과정에는 마더가 미친 여자로 급격하게 무너지는 시간의 축이 동시에 작동하고 있다. 그렇다면 마더의 도준에 대한 오인의 과정에 고물상 노인을 살해하는 행동이 개입하는 것은 어떤 필연이다. 라깡은 도준이 마더의 권력 사슬에서 벗어나지 못하고 저능아 단계를 맴도는 과정을 상상계로 기표화하며, 도준이 마더의 사슬에서 벗어나 주체의 시선으로 사회화되는 과정을 상징계로 함의하고 있는데, 영화에서 그것은 가령, 마더가 도준에게 물컵을 건네주거나 마더와 도준이 서로 마주보며 껴안고 자는 단계로부터 감옥 출소 이후에는 도준이 마더에게 물컵을 건네주고 등을 돌리고 누워있으며, 급기야 도준이 마더에게 침통을 건네주며 훈계하기까지 하는 시퀀스에서 전형적으로 드러난다. 전이transference된 상황이 마더를 충격과

혼란으로 몰고 간다. 이 카오스적 상태를 라캉은 "열쇠구멍을 통해 방 안을 응시했다가 들켰을 때"의 상황, "불시에 기습해 당황케하며 동요시키고 수치심에 빠뜨리"는 그것으로 점묘한다. 『마더』가 봉준호의 다른 장편영화와 비교할 때 서사적으로 가장 높은 완결성을 지닌 영화가 된 것은 마더와 도준의 긴장 관계에 관한 응시를 최고의 심미적 방법으로 형식화한 것에서 찾을 수 있다. 그 심미적 방법은 언어적 방법의 다른 호명이다.

놀랍게도 우리가 익히 알고 있는 『장미의 이름』(움베르토 에코)은 그런 면에서 명백히 반인문적이다. 에코는 특별히 이 책을 위해 긴 발문을 작성하는 수고를 감행하고, 더하여 "당연히, 이것은 수기手記"라고 특별히 강한 악센트를 가하고 있음에도 불구하고 그 수기에 대한 회의는 이 책을 읽는 내내 따라다닌다. 그 불편함은 그가 한 때 『일 마니페스토』에 데달루스라는 필명으로 기고하기도 했다는 일말의 의미 부여로도 해소되지 않으며, 전 세계 40여 개국에서 약 2000만부 이상이 팔렸다는 흥행으로도 해소되지 않는다. 그렇다면 그 이유가 무엇일까. 이 소설을 혹은 영화를 지배하는 정조는 지나간

시대와 문화를 수집하고 기워서 흥미롭고 호기심어린 눈으로 동시대의 독자들에게 유혹하거나 '힐링'하도록 하는 것이다. 이야기는 쾌락과 호기심의 이름으로 소비되고 그 호응만큼 윤색된다. 그 소비와 윤색은 언어에 대한 어떤 고통과 연민도, 지금—여기의 삶과 그 인간을 둘러싼 세계에 대한 긴장도 질문하고 있지 않다. 이 저작의 무지막지한 정보에 관한 탐욕과 아기자기한 대중적 호응(추리기법)은 언어가 인문이 되기 위한 고통과 연민을 힐난하기까지 한다.

인문은 시대의 중심에서 신음하고 그 고통과의 전면적인 싸움을 통하여 오늘의 삶과 과거의 그것을 역사적으로 통찰함으로써 조금 더 나은 미래의 삶으로 이동하려는 인간의 진정성있는 의식적 노력과 관계한다. 그런 의미에서 인문의 언어는 싸움의 언어다. 인문적 형식은 싸움 속에서만 생명을 획득한다. 인문적인 것은 그 싸움의 현재 속에서만 자신의 지위를 할당받는 언어이다. 바로 그것 때문에 그 언어가 에로스를 씨앗으로 하는 이유이다. 사랑의 싸움, 사랑의 기술art, 사랑의 정치가 인문적인 것의 학을 매개하는 진리이다.

II.

이중구속과 「도」

자연의 정치

간명하게 말해 道는 경험할 수도, 언어로 표현할 수도 없는 無 그 자체라고 정의된다. 모순과 역설의 언술을 내재하고 있는 이 화두는 노자와 『도덕경』을 말하는 주요한 기율이 되고 있다. 그렇다면 무란 무엇인가. 또 다른 비의적 진술이 뒤따른다. 천지만물은 이 무로 말미암아 생성하고 소멸한다. 도는 스스로 존재한다는 점에서 자연 그 자체이며, 어떤 것도 간섭하거나 지배하지 않는다는 면에서 또한 무위이다. 노자의 정치적 심회를 엿보기 위해서는 그러나 이 도의 정체를 내밀하게 탐구하는 과정이 요구된다. 문제는 몇 언술에서도 간파할 수 있듯, 그 의미가 명확하게 잡히지 않는다는 데 있다. 도는 스스로 존재하지만, 가령, '도법자연'과 같은 다른 개념적 언술들과 유기적으로 결합하고 호환됨으로써, 독립된 의미를 쉽게 허용하지 않는다.

'도가도비상도道可道非常道'로 시작되는 도합 81장의 비의적 메타포와 잠언 형식을 빌어 기술된 노자의 『도덕경』은 그 해석의 비의성과 모호성으로 인하여 지속적인 방법적 자각을 유발하는 텍스트이다. 언술의 애매성과 잠언적 함의는 또 다른 차원의 해석을 위한 모티브를 유발한다. 가령, 아나키적 화두로서의 퍼스펙티브가 그것이다. 도를 무위와 자연의 의미들과 병치시키거나 해석의 지평을 공유할 때, 그 핵심에 '생이불유生而不有,[34]' 즉 과정으로서의 삶과 생명에 대한 자연의 정치적 입장을 공유할 수 있다. 생명이 어떤 과정이라면, 그것은 또한 정치적으로 아나키와 근친성을 띠고 있기도 하다. 이에 대한 약간의 설명이 필요하다. 일차적으로 자연이란 인위적인 것에 대한 반대 항으로서의 의미를 획득할 수 있다. 인위적이란 인위 그 자체가 문제가 아니라, 나쁜 정치적 위계로 인해 파생되는, 삶을 왜곡하는 행위에 초점이 모아진다. 다소 추상적 근원주의에 가까운 이 판단의 준거에는 근대 이후 진행된 인간 소외의 정치경제적 메커니즘이 스며있다. 이와 관련하여 특별히 우리는 아나키적 마을꼬뮌을 지향하는 사회생태론적 시각과 마르크스의 자연관을 인유할 수 있다.

　머레이 북친에 의해 제기된 사회생태론은 인간과 사회, 인간과 자연의 관계를 유기적 전체로 이해하고자 한다는 면에서 근대 이후 사회구조의 대안을 생태적으로 재구조화하려는 의미있는 메시지로 포착된다. '자유의지'와 '변증법적 이성'은 이를 이해하기 위한 주요한 의미소다. 대체로 근대적 인간에게 자유는 보다 나은 생태적 조건을 위한 기본 모토이다. 따라서 자유의지는 생물학적 삶의 필요조건을 이룬다. 자유의지가 더 나은 삶의 사회적 조건을 낳을 수 있다. 동시에 변증법적 이성은 보다 나은 삶을 위한 방법적 자각으로 기능한다. 그 방법적 자각은 'A는 A이면서 동시에 A가 아니다'라는 [35] 이중부정, 혹은 이중긍정의 메시지로서, 데리다의 그래머톨로지grammatologie나 노자의 도 개념과 중첩된다.

　북친은 이 방법적 전략을 변증법적 자연주의로 정의하면서, 이를 휴머니즘에 바탕한 자연적 삶을 위한 사회적 반응으로 설명한다. 그 반응은 두말할 필요도 없이 정치적 인간과 긴밀하게 호응한다. 정치적 인간이 더 휴머니즘적일 수 있다. 그렇기 때문에 가령, 마르크스가 "인간은 자연(적)이면서 초자연(적)이기도 하다"라고 말할 때 그 함의는 지극히 정치적이면서 그 현실을 초월하는 플라톤적 이상을 포괄한다. 그가 『정치경제학비판요강』에서 "비록 동물들이 사역을 제공하고 있기는 하지만, 동물이나 토지 등에 대한 전유가 결코 주인과 노예의 관계에서 이루어질 수 없다. 주인과 노예의 관계는 타인의 의지에 대한 전유를 전제하고 있다"[36]라고 언술하는 대목에서 우리는 자연에 대한 인간의 지배개념을 어떻게 이해하고 있는지 간파하게 된다.

그에게 근대 자본주의 제도에서 지배개념은 곧 자유의지의 파괴를 의미한다. 그렇다면 그의 자연 이해가 노자의 정치적 이해와 그리 멀리 있는 것은 아닐 것이다. "자연 그 자체는 목적을 가지고 있지 않다. 자연에게 그 자신의 목적을 부여하는 것은 다름 아닌 인간"이라는 마르크스의 자연관은 북친의 변증적 자연주의와 교호한다. 여기까지 이르면 도의 이중구속적 이해를 마르크스의 자연 개념과 공유할 수 있는 단서를 발견하게 되는데, 마르크스는 "인간은 자연적 인간이면서 인간

적 인간이다"라는 포이어바흐의 견해에 공감하면서 일찍이 헤
겔이 『법철학』 4절에서,

> 권리의 바탕은 일반적으로 정신이다. 그것이 차지하는 정확한
> 위치와 기원은 의지이다. 의지는 자유이며, 따라서 권리와 그
> 목표 양자 모두의 실체는 곧 의지이다. 권리의 체계가 현실화
> 된 자유의 영역인 반면에 정신세계는 제2의 자연처럼 그 스스
> 로를 낳는다.

라고 주장한 것처럼, 어떤 소외된 힘에 지배당하지 않는 인간
의 자유의지를 강조한다. 마르크스의 궁극적 생각은 공산주
의, 나아가 자본주의 이후 단계의 사회가 "자연을 인간화하고
인간을 자연화하면서 자연1(본성으로서의 자연)과 자연2(인간
적 자연, 정신)를 통합"할 수 있다는[37] 휴머니즘적 비전과 조우
한다. 다시 한번 우리는 마르크스의 언술을 통해 북친이 강조
한 변증법적 자연주의의 현실적 이해를 생각하게 된다. 인간
적 휴머니티를 간직한 공동체의 이상은 자본에 의한 소외를
직시한 마르크스의 통찰이었지만, 그 이상의 분모를 내재하고

있다. 그 단서를 통해 우리는 노자의 '소국과민'의 정치적 프레임과 만날 수 있는지를 진단해볼 수 있다.

노자의 정치적 감각이 고도의 비의적 은유 속에 있음은 췌언할 필요가 없다. 우리가 흔히 알고 있는 것처럼 '도법자연'에서[38] 자연은 인간에게 대상으로 존재하는 물리적 그것이 아니라, 상태나 속성을 서술하는 개념으로 사용되고 있다는 점을 강조할 필요가 있다. 조금 더 자세히 말하면 여기서 자연이란 도가 스스로 그러함을 형용하는 '도의 자연설'과, 자연이란 만물이 스스로 그러함을 일컫는 '물의 자연설'을[39] 함께 거느린다. 그런데 특히 후자의 해석에 충실할 때, 노자의 자연 개념은 어떤 정치적 맥락을 간취할 수 있다. 『도덕경』에서 대체로 자연은 5회 정도 등장하는데,

인위적으로 하는 자는 실패하고, 탐욕하는 자는 그르치게 된다. 이러한 까닭에 성인은 인위적으로 하는 것이 없다. …성인은 (뭇사람들이) 싫어하는 것을 하려고 하고, 얻기 어려운 재화를 귀하게 여기지 않으며, (뭇사람들이) 배우기 싫어하는 것을 배우고, 뭇사람들이 소홀히 하는 곳으로 돌아간다. 그래

서 만물의 자연을 도울 뿐 감히 인위적으로 하지 않는다.(강
조-인용자)

라는 64장에[40] 특별히 주목할 때, '만물의 자연을 도울 뿐 감
히 인위적으로 하지 않는다'라는 관계론적 이해를 상정해볼
수 있다. 그 관계적 이해는 크로포트킨의 '상호부조론'을 통
해 현대적 해석에 다가간다. 노자의 정치를 무위의 그것, 나아
가 자연의 그것이라고 정의할 때, 우리는 그 정치가 고도의 비
의적 언술 위에 정초하고 있음을 주목할 필요가 있다. 노자는
정치적 무의식의 긴장이 최고조에 이른 시대를 응시하고 관찰
한 시대인이다. 그 무의식을 예외로 놓을 때 그의 언술을 이해
하는 주요한 맥락은 생기를 잃는다. 그렇기 때문에 그의 자연
개념은 그의 정치적 무의식의 반영으로 해석될 필요가 있다.
그런 면에서 64장의 자연은 정치적 초월이나 도피, 현실정치
로부터의 방관이 아니라, 약탈적 약육강식의 정치로부터 협치
governance와 상호부조의 꼬뮌적 상생의 정치로의 재구조화를
향한 아나키적 거버넌스를 함의할 수 있다.

　북친에 영향을 미치기도 했던 크로포트킨은 사회와 자연

에는 상호투쟁보다 상호부조의 법칙이 종이 진화하는 데 더 중요하다는 케슬러의 생각을 이어받아 "모든 유기체들은 두 가지 욕구 즉 영양섭취 욕구와 종족 번식 욕구를 지닌다.(…) 나는 유기적 세계가 진화하는 데 개체들 사이에 상호부조야 말로 상호투쟁보다 훨씬 더 중요한 역할을 한다"는[41] 생각을 피력한 바 있다. 생물학적 관찰과 실험의 결과를 사회적 그것으로 재해석하여 전개하는 그의 관점은 샤르댕의 과학적 우주인식과도 유사한 맥락을 공유하고 있다.

예수회 전통의 깊은 영향하에 있었으나 그의 과학적 신념 때문에 파문을 당해야 했던 테야르 드 샤르댕은 우주 진화를 연구하는 과정에서, "최초의 우주를 이루는 기초물질은 서로 모여 하나를 이룬다. [그러나] 그 원자들이 모이고 결합하여 하나의 물질이 되는 것은 신비"라는 자연현상에 대한 견해를 피력한다. 뿐만 아니라 "개별 입자의 중심 너머, 그 중심을 감싸는 그 무엇이 있"는데, "우주를 이루는 구성 원소 하나하나는 다른 원소와 거미줄처럼 얽혀 있으며 구성은 신비한 현상"이라는 이해에 도달한다. 그 신비한 현상은 "물질 에너지와 얼 에너지는 '어떤 무엇을 통해' 서로서로 연결되고 결합되어 있음을 의심할 수 없"는데, "물질의 종합상태가 증가하면서 그와 함께 의식이 증가"한다. 우주 "바깥으로는 새로운 형태의 미립자 집합이 이루어져 다양한 크기의 무한한 물체가 더욱 유연하고 농축된 조직을 형성한다. 안으로는 새로운 형태의 활동, 곧 의식의 움직임이 있다." 그 의식의 움직임을 생명의 진화라고 부를 수 있다. 여기서 그는 생명의 진화를 의식의 상승으로 이해하면서, 의식의 변화없이 진화는 불가능하다고 주장한다. 그런데 그 의식의 상승을 사랑으로 명명함으로써, "사랑의 힘으로 세상의 조각들이 모여 세계를 이루"게 되는 그 사랑이 말하자면 '오메가 포인트'(지구의 끝)에서 "다음생명"의[42] 출현을 가능하게 하는 숙주라는 통찰에 이르게 된다. 우리는 여기서 우주 혹은 지구의 생명활동이 어떤 관계의 끈 속에 연쇄되어 있을지 모른다는 연역적 유추를 해볼 수 있다. '만물은 자연을 돕는다'는 노자의 언술은 이 맥락에서 이해될 때, 정치적 아나키의 한 형태인 마을꼬뮌의 이상에 가까울 수 있다. 말하자면 그때 그의 자연의 정치의 최종심급은 '소국과민'으로 수렴될 수도 있을 것이다.

현대적 의미에서 '소국과민'은 어떤 정치적 메커니즘으

로 설명 가능할까. 근(현)대와 근대이후의 정치와 문화를 패러다임의 차원에서 직시할 때, 우리는 현단계 디지털 혁명을 통해 전개되고 있는 새로운 문화적 비전을 문화혁명의 차원으로 승화할 수 있는 몇 모티브를 발견할 수 있다. 근대이후의 비전과 관련하여 특히 현단계 디지털 문화혁명이 중요한 것은 근대적 문화와 국가의 구조를 균열내고 새로운 민주주의와 새로운 국가구조의 가능성을 동시에 촉발할 수 있는 "삶의 영구혁명"을[43] 내포하고 있기 때문이다.

인터넷을 통해 전개되고 있는 새로운 형태의 '직접민주주의'는 초기의 부족국가에서 행해지던 민주주의를 유사한 형태로 재현하고 있는 것처럼 보인다. 디지털 혁명으로 야기된 인간관계의 변화와 정보 접근의 새로운 양상은 의식의 변화와 삶의 변화를 다양한 형태로 촉발하고 있는 것이다. 주지하듯이 초기 부족국가의 마을 형태에서 엿보이는 구술성의 문화, 사람과 사람간의 미디어성, 사적 영역과 공적 영역의 혼재, 사생활의 노출과 부재, 상대적으로 빠른 정보 유통과 균질적인 정보 공유, 직접민주제의 작동 가능성, 자생적인 평판체계의 작동은 새로운 민주주의와 관련하여 주목을 요하는 대목이다. 이러한 원리가 작동하기 위해서는 근본적으로 인구 수

의 적절한 제어가 필수적인데, 던바는 그것을 약 150인 정도
[44], 혹은 많아야 100호 내외의 가구 수로 규정하기도 한다. 이
는 정보의 소통과 속도, 인간관계의 친화성을 높이기 위한 과
학적 원리를 이룬다. 가령 케지라 촌락의 보로로족 주거 구성
도를 보면 독신자 주거지를 중심으로 약 200m 내외의 구역
안에 촌락이 원형의 배치를 이루고 있는데, 이는 이 촌락의 민
주주의와 그에 따른 삶의 방식을 지혜롭게 지속하는 데 중요
한 의도적 공간 설계인 것이다. 그 공간의 인구밀도와 인간관
계, 정보의 유통은 오늘날 우리가 디지털로 접하는 새로운 형
태의 정보커뮤니케이션과 유사한 패턴을 보인다. 가령, 문자
화된 구술성(혹은 구술문화의 복원), 중첩된 공간, 공적 영역과
사적 영역의 모호성, 개인미디어의 등장, 실시간 커뮤니케이션
과 이를 통한 직접민주제의 가능성, 평판체계의 재구성, 집합
적 지성의 출현[45] 등은 근대자본제에 의한 국민국가와는 전혀
다른 문화혁명의 가능성을 엿보게 하는 보기이다. 가능성의
중심에 국가구조의 변화가 있다. 따라서 그 전제의 최종심급
에서 '소국과민'으로 통칭되는 노자의 정치철학에 대한 재해
석의 요구에 직면한다.

이중구속과 "도"

자연의 정치의 최종심급이 '소국과민'의 정치체제라고 할 때, 과연 그 국가의 구조는 현대적으로 어떻게 해석될 수 있을까. 노자는 "무위를 실천하면 곧 다스려지지 않음이 없다爲無爲 則 無不治"라고 했다. 다소 수사적 순환논법의 위험을 안고 말한다면, 노자 정치학의 근본은 '무위실천'에 있다. 무위란 공자의 인(仁)의 그것과는 또 다른 형태의 정치철학, 직언하면 자연의 정치를 함의한다. 자연의 정치는 현대적 해석으로 아나키, 환언하여 소국과민의 마을꼬뮌을 은유하고 있다. 이를 유추하는 준거를 우리는 도에서 구할 수 있다.

도를 '물의 자연설'과의 관계 속에서 이해하는 것이 필요하다고 강조했는데, 그것은 도의 정치적 작동원리와 관계한다. 더 주목되는 것은 그 도가 정치적 작동원리를 넘어 문학적 언어의 비의성을 포괄하는 범주 속에 있으며, 그렇기 때문에 높은 문학적 수사를 상기하게 한다는 점일 것이다. 이 위계의 언어적 속성 때문에 우리는 『도덕경』이 언어의 본질에 육박하는 깊이를 내재하고 있다는 유추에 이르게 된다. 제1장과 제4장을 주목해볼 수 있다.

道可道 非常道 名可名 非常名 無名 天地之始 有名 萬物之母
故常無欲以觀其妙
常有欲以觀其徼 此兩者同 出而異名 同謂之玄 玄之又玄 衆妙
之門.
(道德經 一章)

道沖 而用之或不盈.
(道德經 四章)

도에 대한 정의에서 노자는 이중문법을 구사한다. 이중

문법은 언어를 수사적 위계로 환원함으로써 해석의 깊이를 향한다. 도를 도라고 명명하면 이미 도가 아니라는 역설의 수사는 그래서 단순하게 무명의 의미로 귀환되지 않는다. 그것은 도이면서 비상도, 명이면서 비상명인 모순 어법, 그것을 포괄하는 변증적 이중문법의 진리를 향한다. 그 이중문법을 우리는 달리 이중구속으로[46] 대체할 수 있다.

정신병리적 환자의 임상 과정에서 대체로 두 개의 서로 다른 메타 메시지가 주어졌을 때 인간은 분열하는 상황에 처하게 되는데, 그것은 보다 추상적인 차원에서 "일차명령과 모순되고, 일차명령과 마찬가지로 생존을 위협하는 신호나 처벌에 의해 강요되는 이차명령이 주어졌을 때 나타날 수 있는 반응"과 상응한다. 그 반응은 어떤 관계적 상황에서 "상대방이 메시지의 두 가지 수준을 표현하면서 하나가 다른 하나를 부정하는 상황에 처해 있을 때"[47] 나타난다. 베이트슨은 이를 조금 더 명증하게 언어의 이중구속으로 명명한다.

언어적 유희에 가까울 수 있는 이 실험은 그러나 오히려 언어의 본질에 육박하는 문제의식을 잉태하고 있다. 잘 알려진 것처럼 랑그와 파롤의 언어적 대립쌍은 공시(구조)언어학을 설명하는 한 모델이지만, 그 이면에는 언어를 실체가 아닌 관계적 이해로 보려는 세계 해석의 방법적 자각이 스며있다. 가령, 그렇기 때문에 라깡이 프로이트로 돌아가자고 외치며 도달하고자 한 최종심급에 언어에 대한 구조적 이해가 깔려 있다. 주지하듯이 그가 "무의식은 언어처럼 구조지어져 있다"라는 명제를 통해 말하고 싶었던 것은 무의식의 본질이 언어를 통해서만 해명 가능하고, 그렇다는 면에서 '무의식은 언어다'라는[48] 수사학에 대한 깊은 이해가 내재돼 있다.

언어의 수사학을 정점에서 구현하는 것은 문학이다. 문학이 인간의 은유나(시적) 환유적(서사적) 욕망의 산물이라면 그 언어는 욕망(리비도)의 언어이자 그 욕망(무의식)의 외화이기도 하다. 라깡은 그 무의식이 언어적 향유의 어떤 것이 되기 위한 서사적 욕망과의 관계를 포착한다. 우리는 이 과정의 한 사례를 1961년 존스홉킨스 대학에서 데리다, 라깡, 바르트 등이 참석한 '비평언어와 인문학'이라는 주제 아래 기획한 르네 지라르의 서사모델에서 엿볼 수 있는데, 그러니까 서사적 인물들이 무엇을, 어떻게 욕망하며, 그것은 어떤 '구조적' 특징을 내재하고 있는가에 대한 질문이 그것이다. 이 질문의 일차적 목표는 인간의 욕망은 어떤 매개된 욕망('삼각형의 욕망')이며, 그것은 특별히 언어적(서사적) 형식을 지니고 있다는 것으로 수렴된다. 그 언어적 형식의 궁극은 주이상스jouissance(향유)로 명명되는, '타자적 욕망'의 결여를 전혀 새로운 방식으로 재구성하는 언어의 수사학으로 수렴된다. 그런 면에서 보면 언어가 곧 인간의 욕망의 다른 표현이며, 그 욕망의 형식이 될 수 있다. 언어가 무엇을 명명하거나 의미를 지향하지 않을 때 아이러닉하게도 인간의 무의식적 욕망은 그 본질을 드러낼 수 있다. 다시 말해 인간의 정치적 무의식은 수사적 언어의 형식을 통해 마침내 체현될 수도 있다. 선의 최고 경지를 불립문자라고 명명하는 역설적 언어 이해와 유사한 그 언어는 언어의 이중구속, 혹은 노자식 표현으로 유물혼성有物混成, 문학의 모호성(애매성)에 대한 본질에 육박한다. 언어에 대한 자의식을 넘어 언어의 구조적 문제에 직면하게 되는 노자의 언어는 그러므로 우리가 흔히 인문적인 것이라고 말할 때, 그것의 어떤 정점에 위치하고 있다.

인문적 진리의 궁극에 언어적 진리가 있다. 다시 말하면 인문적인 것을 인문적 진리의 차원으로 승화할 수 있도록 매개하는 것이 바로 이 이중구속적 의미에서의 수사적(문학적) 언어다. 그렇기 때문에 '도가도비상도 명가명비상명'의 역설적 언술은 더 높은 차원에서의 진리와 조우한다. 그렇다면 이 진리의 연장선상에서 '유명 만물지모有名 萬物母'는 빈 허공의 코라khora, 즉 '불일이불이不一而不二' 관계로 읽힐 수 있다. 알려져 있듯이 코라는 플라톤의 『티마이우스』에 등장하는 개념으로, 특히 공간개념으로서의 코라는 虛이며 空으로 해석된다. 한편, 어머니(母)는 코라의 은유적 표현으로 읽힌다. 노자는 플라톤이 말한 코라를 어머니나 '玄牝'이나 '谷神'으로 은유화하였다('곡신은 불사하니 이를 현빈이라 한다'(『道德經』 六章). 그리고 '常'과 '無'가 플라톤이 말한 코라의 기능을 말한다면, '非常'과 '有'는 플라톤의 파르마콘과 대응한다. 파르마콘은 로마 신화에 나오는 야누스의 두 얼굴처럼 이중성과 애매성을 뜻한다. '妙'가 코라의 기능과 동시에 파르마콘의 작용을 갖고 있듯이, '徼'도 파르마콘과 코라의 두 가지 성격을 품고 있다. 서로 다른 것이 대립하지 않으면서 떨어지지 않는 접목의 관계를 차연이라 말한 데리다는 이처럼 이질적인 것이 서로 동거하는 이중성을 그래마톨로지라[49] 주장했다. 우리는 여기서 道가 언어의 이중몸짓이나 이중장치와 같은, 즉 내면적 복합성으로 이해해야[50] 한다는 심증에 도달하게 된다. 그렇기 때문에 제4장에서 부연하고 있는 것처럼, 도는 텅 비어있되, 아무리 써도 부족하거나 흘러넘침이 없는 근원적 신비(일차적으로 논리적 모순에 부딪치지만, 그러나 근원적인 언어적 수사학의 진리로 나아가는)를 지향할 수 있다.

우리는 그 신비를 샤르댕이 언명한 '오메가 포인트'와 같은 선상에서 생각해볼 수 있다. 그는 생명의 진화를 의식의 상승으로 이해하면서, 의식의 상승인 생명현상의 본바탕을 이루는 것을 사랑이라고 말한다. 생물계 전체에서 사랑은 사람에게만 있는 것이 아니다. 포유류에게서 가장 강력하지만, "아주 미약하나마 분자에게도 서로 하나가 되려는 욕구가 없었다면 높은 진화 단계인 사람에게서 사랑이 나타나는 것은 물리적으로 불가능하다. 우리에게 사랑이 있다고 하려면 존재하는 것에는 모두 사랑이 있다고 해야 한다. 우리 둘레에서 수렴하며 올라가는 의식들 어디에도 사랑은 빠지지 않는다. (…) 사랑의 힘으로 세상의 조각들이 모여 세계를"[51] 이룬다고 역설한다.

그 사랑이 말하자면 '오메가 포인트'를 매개로 '다음생명'의 출현을 가능하게 한다. 샤르댕의 이런 인식은 최초의 우주를 이루는 기초물질은 "서로 모여 하나를" 이룬다는 원자론적 관점에서 출발하여 그 "원자들이 모이고 결합되어 하나의 물질이 되는 것은 신비"라는 새로운 해석으로 나아간다. "개별 입자의 중심 너머, 그 중심들을 감싸는 무엇이 있다"라는 언명, 나아가 "우주를 이루는 구성 원소 하나하나는 다른 원소와 거미줄처럼 얽혀있으며 그 구성은 신비한 현상"이라는 관찰을 통해, "물질 에너지와 얼 에너지는 '어떤 무엇을 통해' 서로 연결되고 결합되어 있음을 의심할 수 없"으며, 그렇기 때문에 "물질의 종합 상태가 증가하면서 그와 함께 의식이 증가"하게 되는데, 우주 "바깥으로는 새로운 형태의 미립자 집합이 이루어져 다양한 크기의 무한한 물체가 더욱 유연하고 농축된 조직을 형성한다. 안으로는 새로운 형태의 활동 곧 의식의 움직임이 있다"라는 통찰에 이르게 된다.

샤르댕의 우주와 생물의 진화에 대한 인식이 노자적 사유와 어떻게 교호할 수 있는지를 우리는 여기서 고민해볼 수 있다. 시작이 없는 시작부터, 이 우주라는 텍스트가 유물혼성

有物混成의 어떤 것과 긴밀하게 관계하고 있을지 모른다는 인식을 노자의 道는 암시한다. 그렇기 때문에 "도는 두 가지 계기로서 짜여져 있고, 한 계기는 다른 계기에 의해 연기되어 있거나 접목되어 있거나 상감되어 있"다는 해석이 가능하게 되는 셈이다. 도의 이런 두 계기는 "상호간에 차이를 지니면서 그 차이가 대립이나 모순으로 나아가는 것이 아니라, '차이의 차이'로 관계를"(김형효:14) 맺는다. 하이브리드한 카오스적 상태에서 분열의 내면을 껴안고 나아가는 것, 우리는 그것을 노자의 문법에서 발견한다.

명명하되 명명되지 않음을 '미명'(박명)이라고 부를 수 있을까. 만약 그렇다면 바로 그렇기 때문에 도를 정의하려고 하되 정의되지 않는 상태로 내면화할 수밖에 없다. 그것은 생명에 대한 정의가 그러한 것처럼 도 또한 '변화의 지속성' 속에 있는 하나의 과정으로 이해하려는 노력을 필요로 한다. 그 이해의 노력 덕분에 또 다른 언술, "도는 텅 비어 있다. 그러나 아무리 써도 고갈되지 않는다"라는 수사의 의미를 보다 명료하게 계기적 선상에서 내면화할 수 있게 된다. 무위를 자연의 정치의 실천으로 이해하고자 할 때, 이 '허'의 중요성이 제기될 수밖에 없는 이유이다. "빔을 극대화하는 방향의 인간행위를 無爲라"[52] 할 수 있다. 그때 무위는 도의 실천원리가 된다.

이 관계의 사슬을 통해 우리는 노자의 정치적 인식과 체계가 공자의 그것만큼이나 치밀한 구조 속에 있다는 추측을 하게 된다. 노자의 관찰의 세밀성을 엿보게 하는 제11장 '三十輻 共一轂 當其無 有車之用'에서 우리는 칸트가 그의 『판단이성비판』에서 취향과 아름다움의 심미적 쾌락을 언급하는 가운데 언술한 '무목적의 합목적성'에 비견되는 언어의 존재론적 인식을 엿볼 수 있을 뿐만 아니라, 사물과 세계를 투시하는 과학적 엄밀성까지를 간파하게 된다. 서른 개의 살로 이루어진 한 개의 수레바퀴는 그 통의 중심이 비어 있는 까닭으로(無, 혹은 虛) 마차의 기능을 훌륭히 수행할 수 있다. 이것은 과학적 원리이다. 그 원리는 생활의 도구들, 즉 '흙으로 빚은 그릇', '문과 창으로 이루어진 방'의 예를 통해서도 제시된다. 비어있음의 유용성과, 쓸모없음으로 인해 오히려 유용함에 버금가는 궁극에 도달한다는 역설의 수사학은 그것이 도의 무위적 실천을 위한 실마리가 됨을 제14장에서 설명한다.

視之不見 名曰夷 聽之不聞 名曰希 搏之不得 名曰微 (…) 無
狀之狀 (…) 無物之象 (…)

是謂道紀

(道德經 十四章)

上善若水 (…) 故幾於道

(道德經 八章)

도란, 모양도 소리도 형체도 없는, 다시 말해 지극히 모
호하며夷, 아득하고希, 미묘한微 어떤 것으로, 굳이 언표한다면
'형체가 없는 형체'이며 '물상을 갖추지 않은 형상' 정도로 표
현할 수 있다. 물과 같은 상태의 물렁물렁하고 유연하며 미끄
러지듯 흘러서 천변만화의 형상을 이루는 어떤 것을 도에 가
깝다고 정의할 수 있다. 그 도가 어떤 역동성과 나아가 자연
의 정치를 위한 원리를 이루는 것은 무위적 실천과 짝패를 이
루고 있기 때문이다.

道常無爲而無不爲 侯王若能守之 萬物將自化

(道德經 三十七章)

　　무위를 실천하면 제후나 왕의 정치적 행위가 이루어지지 않는 것이 없으니, 능히 만물이 우주의 운행원리에 자연스럽게 깃드는 것과 같은 원리라는 노자의 정치적 무의식은, 부연하면 도의 원리가 유물혼성有物混成의 카오스적 진리, 적혜요혜寂兮寥兮의 미분화된 전일적 세계와 교호하고 있음을 반증한다. 그것의 궁극이 25장에서 언술하고 있는 노자적 의미의 도법자연道法自然의 요체다.

　　도의 문법이 문학의 문법과 같은 위계에서 움직일 수 있다는 것을 통해 노자의 언어적 인식의 깊이를 재인식하게 된다. 말하자면 노자 해석에서 빈번하게 등장하는 노자의 철학적 궁극을 언표화하기 힘들거나 불가능하다는 언변들은 재고되어야 한다. 오히려 언어적 자각이 도를 자연의 정치와 그 최종심급인 소국과민을 계기적 선상에서 읽을 수 있는 매개가 되게 한다. 자연의 정치는 도의 실천원리로서의 무위자연의 다른 표현이다. 도의 정치적 실천이란 그러므로 현실을 벗어난 이상정치를 말하는 것이 아니다.

그것이 실현 가능한 이상정치라면 플라톤적 의미에서나 노자의 그것에서나 현실정치에 대한 적극적 인식으로부터 출발한다. 그 결과 노자가 말하는 무위실천으로서의 현실정치는 구체적으로 정치가 있는 듯 없는 듯한 정치로(제58장), 정치가(성인)는 그가 하는 일에 반드시 겸손(무위)으로 임해야 그 일이 무엇이든 백성이 고통을 느끼지 않으므로(제66장), 마침내 서로가 공동체에 대한 믿음과 사랑에 이를 수 있다. 가령 75장은 '정치행위에 대한 철학'(방법론)과 그 세목으로 '세금'의 중요성을 명확하게 기술하고 있다. 정치적 실천의 어려움은 정치가 없기 때문이 아니라 너무 많은 정치적 구호와 교활하고 무자비한 정치행위로부터 오히려 발단한다. 우리는 그것이 자연의 정치의 방법적 자각과 관계함을 읽게 된다. 최고의 정치는 정치가 없는 듯한 정치이며, 그런 면에서 시인 김수영이 최고의 문화정책은 문화를 정치로부터 놓여나게 하는 것이다,라고 언급한 것과 맥락을 같이한다. "약한 것이 강한 것을 이기고, 부드러운 것이 힘센 것을 이긴다"(제80장)고 한 것이 바로 이런 정치적 인식론의 기초를 이룬다.

그 정치적 인식론의 최종심급은 직접민주주의에 바탕한

'소국과민'으로 이해된다. 왜 소국과민이며 어떤 규모의 소국과민인가. 궁극적으로 노자는 소국과민의 공동체가 '전쟁기계'와 '군대'의 동원을 해소할 수 있다고 판단했다. 전쟁과 군대로부터의 해방은 인류의 삶이 지향하는 최대 숙원이다. 그 까닭은 맥락의 복원이 필요하다. 그 맥락을 우리는 디지털노마드 형태로 재구조화하고 있는 새로운 공동체의 가능성에서 설계해볼 수 있다.

다시, 왜 아나키인가

노자의 언어와 정치철학을 재론하는 것은 근대이후 혹은 탈
근대의 새로운 정치적 패러다임에 대한 비전과 관계한다. 그
것은 디지털로 파생된 문화적 지형의 급격한 변화, 생활의 변
화, 의식의 변화, 행태의 변화에 대한 기대와 무관하지 않다.
일차적으로 우리는 한반도의 남북체제(/국가)가 매우 높은 단
계의 '병영형 국가주의' 형태를 취하고 있다는 데 주목한다.
그 국가주의는 분단체제를 통해 일정한 형태의 '분단편익'과
'분단효과'를 지속적으로 재생산하는 형국이다. 말하자면 분
단체제가 남·북 체제의 공고화에 일정정도 기여하고 있다는
점이다. 세계체제의 하위체제로서의 한반도의 분단은 냉전의

산물로 출발했지만, 냉전 해소 이후에도 지속적 힘을 발휘하고 있는데, 그것은 분단체제가 다른 복합적 요인에 의해 구조화되어 있다는 것을[53] 또한 함의한다.

그러나 우리가 여기서 근본적으로 문제삼고자 하는 것은 이런 요인들에도 불구하고 한반도의 분단체제가 그 내부적으로는 통일이행기의 시대로 진입하고 있다는 점이다. 환언하면 분단 해체의 다양한 조짐들이 개화하고 있다. '6·15 남북공동선언'과 '10·4선언'으로 압축되는 정치적 기획을 통하여 확연하게 가시화된 분단체제 해소의 변화는 실제적 통일과는 무관하게 병영형 국가주의가 어떤 한계에 이르고 있음을 여러 형태로 암시한다. 그 암시는 한국문학의 몇 전위를 통해 세 가지 형태로 나타나고 있는데, 국경의 와해(『찔레꽃』, 『바리데기』, 『리나』), 이데올로기로부터 자본으로의 이동(『빛의제국』, 『국가의 사생활』), 국가주의의 해체(『로기완을 만났다』)로[54] 징후화하고 있다. 특히 국가주의의 해체는 노자적 사유의 범주에서 소국과민이 왜 통일이행기의 국가체제와 관련하여 주요한 비전이 될 수 있는지를 반증할 만한 요체이다. 그 텍스트에서 '로기완'과 또 그와 연대하고 있는 개별적 주체들은 국경의 밖, 혹은 국가의 밖에서 움직이는 인물들로서, 그들의 생명선을 가늘게 이어주고 있는 것은 연민과 연대이다. 연민과 연대는 시장국가로 통칭되는 병영국가주의가 억압해온 '상호부조'(크로포트킨)의 내면적 토대를 이루는 생명선이다. 우리는 이들의 삶의 비전을 통해 사랑에 바탕한 상호부조의 연대와 새로운 공동체로 나아갈 수 있다는 암시를 받는다.

다른 하나를 더 제시해볼 수 있다. 〈생활의 발견〉(홍상수)은 노마드적 메커니즘(문화, 혹은 의식)이 어떻게 우리 생활 깊숙이 틈입해 있으며, 마침내 병영형 시장국가의 작동이 불가능한 단계로 확산될지도 모른다는 예감을 다양한 형태로 확산한다. '경수'는 국가의 밖, 혹은 병영국가주의의 외부에서 움직이는 인물이다. 〈하하하〉, 〈잘 알지도 못하면서〉에서도 반복되는 인상을 주는 홍상수 인물들의 궤도 '이탈(혹은 도주, 방랑, 소요)'은 '괴물'이 되지 않기 위한 몸부림이자, 새로운 삶을 위한 '방랑'이기도 하다. 그 방랑은 보다 근원적인 의미에서 "모험을 통한 자아의 발견"으로[55] 수렴된다. 이 영화의 주제는 길 위의 인생이다. 서울, 춘천, 경주라는 공간을 통해 보여주는 약 89개의 씬은 대부분 춘천과 경주로 채워지고 있는

데, 그 공간에 개입하는 '경수'의 이동은 우연성으로 가득 찬 어떤 것이다. 출연료를 받기 위해 영화사 직원을 만난 '경수'는 그에게 "우리 사람 되는 거 어렵지만, 괴물은 되지 맙시다"란 비아냥을 듣고, 어떤 이유가 명시되지 않은 채 춘천의 선배 집으로 향한다. '상우집-소양댐-청평사-명숙-술집-모텔-터미널'로 이어지는 춘천에서의 약 4일 동안의 '소요' 역시 필연적 계기성을 띠고 움직이지 않는다. 그것은 경주에서 정점에 이르는데, 부산행을 위해 탄 기차에서 우연히 알게 된 '선영'과의 대화를 빌미로 그는 무작정 경주역에 내린다. 이후 약 3일 동안 이어지는 '선영의 집 앞-민박집-경주역-호텔-여인숙-선영의 집 앞'의 동선은 일반적으로 '근대인'이 인식하고 있는 행위모델에서 완전히 벗어난 어떤 것이다. 그의 공간과 시간은 그런 점에서 이해하기 힘든 비범성으로 가득 차 있다. 좀 극단적으로 이는 '노모스의 공간'과는 대조를 이룬다. 어떤 공간을 채우기, 그 공간에 자신을 배당하기, 이는 공간을 배당하는 것과는 매우 다르다. 이는 방황의 분배, 심지어 '착란'의 분배이다. (…) 존재가 재현의 요구들에 따라서 배당되는 것이 아니라 모든 사물들이 존재 안에서 할당된다. 이런 할당은 단순한 현전성을 띤 일의성 안에서 이루어진다. 이런 분배는 신적이라기보다는 차라리 악마적"[56]이다. 경수의 괴물성과 악마성을 우리는 여기서 함께 볼 수도 있다. 정착하지 못하고(/않고) 부유하는 그의 유목적 여정에서 우리는 탈영토화함으로써 거의 국가의 밖에 '소요'하는 것처럼 보이는 새로운 실존의 탄생을 엿보게 된다.

포스트근대의 지리학은 "공간, 시간, 장소에 관한 점묘적 분절을 해체함으로써 탄생했다"는 도엘의 선언처럼 '탈영토화'는 '천개의 고원' 위에 솟아난 새로운 문명의 선언이기도 하다. 그렇기 때문에 이 "고원은 과정에 있지(번역 수정-필자), 시작이나 끝에 있지 않다. (그것은) 자기 자신 위에서 진동하고, 정점이나 외부 목적을 향하지 않으면서 자기 자신을 전개하는 강렬함들이 연속되는 지역"이다. 그레고리 베이트슨의 표현을 빌리면 이것은 "강렬함이 연속되는 일종의 고원이 오르가슴을 대체"하는 영역이다.[57] 아마도 '경수'의 시간과 공간의 삶이 그러한 것일지 모른다. 경수의 소요는 모험을 통한 새로운 자아의 발견임과 동시에 병영국가주의의 기획이 행사하는 법과 제도에 대한 일탈(부정)의 은유와 환유이다.

〈인셉션〉에서 타자의 '기억'을 훔치고 주입하는 놀라운 미래사회를 기획했던 크리스토퍼 놀란은 최근 〈트랜센던스〉를 통해 국가의 밖, 혹은 제도의 밖에서 움직이는 인물들의 싸움을 드라마틱하게 이미지화한다. 그런데 자세히 들여다보면 텍스트의 주요 인물들이 궁극적으로 지향하는 것은 새로운 꼬뮌인 것처럼 보인다. 그 꼬뮌의 문화에서 나온 글쓰기의 일종이 팬픽[58]이다. 팬픽은 "문화적 자본이나 텍스트 생산수단을 갖지 못한 약자들의 텍스트 읽기 행위"인 밀렵poaching을 통해 텍스트의 조각들을 파편적으로 취해 저자나 생산자의 의도와는 무관하게 조합한 뒤 새로운 의미를 생산해내는[59] 결과물이다. 이는 인터넷이라는 새로운 미디어 메커니즘과 근대적 의미의 서사양식에 대한 불만, 나아가 작가와 독자의 권력관계에 대한 비판적 인식의 변화가 작동한 중간보고서이다. 그러나 여기서 더 주목해서 봐야 할 것은 이런 팬픽의 행위가 홍상수의 '경수'가 행하고 있는 '소요'와 유사한 "강렬함이 연속되는 일종의 고원이 오르가슴을 대체하는" 새로운 문화지도를 형성하는 기제로 작동될 수 있다는 점이다. 노마드적 삶과 사유는 병영국가주의 메커니즘이 한계에 이르렀다는 반증이기도 하다.

마페졸리는 이런 문화에 필연적으로 등장하게 되는 "소집단과 네트워크가 중심이 되는 사회에서 부족tribe은 필연적으로 부활할 수밖에 없다"고[60] 예언한다. 그 부족들이 마치 어두운 땅속을 뒤지고 헤집으며 다니는 두더지처럼 리좀적 생태를 형성해갈 수 있다. 땅 속에 퍼져 있는 나무의 줄기들은 수평적으로 얽힌 비위계의 새로운 역동성과 에너지를 창출해내는, 관계의 기능을 수행하는 '중심이 없는 관계들의 복합체'이다. 리좀의 구조는 이처럼 '네트워크 공동체'를 형성하는 새로운 시대와 문화의 메커니즘을 웅변한다.

분단체제를 넘어 통일이행기를 살고 있는 한반도의 문화와 정치를 직시할 필요가 있다. 우리는 분단체제가 형성한 강력한 악성국가주의와 이를 통해 파생된 시민의 실존적 삶의 왜곡을 관찰하고 응시할 요구에 직면한다. 현단계 한국사회를 지배하는 병영국가주의와 그 의식은 분단체제를 극복하는 과정과 필연적으로 연동돼 있다. 우리는 그것을 통해 정치의 구조를 바꾸는 것의 중요성을 인식하게 된다. 일차적으로 지역자치의 재구조화가 대두한다. 기초의회와 자치단체장을 정당과 기존 정치로부터 분리시키는 작업이 요구된다. 그것은 정치를 생활화하고 생활을 정치화하는 '마을정치', 꼬뮌 형태의 생활정치의 단초가 된다. 다시 이는 간디식으로 표현하면 궁극적으로 국가주의의 해체와 '마을공화국' 블록을 위한 숙주가 될 것이다.

현실적으로 마을국가의 법과 제도와 응용원리는 스위스식 모델에서 유용한 단서를 빌려올 수 있다. 지식인 꼬뮌주의에 가까운 이 모델은 공동체의 분절과 사회 균열이 극심한 사회, 종교, 이념, 언어, 문화, 윤리가 분열된 사회구조에 탄력적으로 응용할 수 있는 개연성을 띠고 있으며, 무엇보다 이 구조에서 정치적 주체는 개인이 아닌 '집합적 지성'이라는 점이다. 집단지성, 혹은 집합지성은 디지털 콘텐츠의 핵심키워드이며, 이를 통해 구현되는 새로운 문화와 삶의 비전을 담보하고 있다. 협의체 민주주의consocitional democracy 더 중요한 가치는 시장국가를 지양하고 공동체 구성원에게 공적 지위를 부여함으로써 삶의 가치를 승자와 패자를 넘어서는 공공선으로부터 찾으려는 상호부조와 마을꼬뮌적 정치 지향에 있다. 우리는 그 꼬뮌의 네트워크를 새로운 형태의 아나키라고 명명할 수 있다. 말하자면 노자의 도가 지향하는 최종심급에 아나키적 소국과민이 있다.

마을 공화국

도의 무위적 성격은 그 내재된 운동성을 볼 것을 권유한다. 보이지 않는 운동성을 어떻게 이해할 것인가가 그러므로 관건이다. 이중구속의 언어적 깊이에 도달할 때 삶은 차원의 전이를 가능하게 할 수 있다. 정지 속의 극렬한 운동성, 이는 외화된 삶에 충실한 동시대의 병영국가주의 프레임에 대한 성찰을 강제한다.

현단계 분단체제는 낮은 단계의 통일시대, 즉 과정으로서의 통일시대이며, 정확하게 통일이행기로 명명할 수 있다. 한국문학이 이에 탄력적으로 반응하지 못하는 것은 트리비얼리즘에 갇혀있는 한국문학의 현실을 반증한다. 그럼에도 한국문학과 텍스트의 몇 전위는 이행기의 삶과 일상을 예리하게 포착함으로써 분단체제를 이월하는 새로운 패러다임을 향하고 있다. 그 패러다임을 설명하는 키워드를 노자의 '도'는 적시한다. 이중구속적 시각에서 도는 언어의 높은 단계의 수사적 원리로 해석된다. 그 위계에서 자연의 정치는 병영국가주의로 공고화된 분단체제를 넘어 통일시대의 국가로 나아가는 과정에 중요한 모멘텀을 제공할 수 있다. 소국과민으로 압축되는 아나키적 마을꼬뮌이 그것이다.

'판챠야트'로 상징되는 간디의 '마을공화국'은 70만 개의 마을로 구성된, 영국으로부터의 해방 후, 자유인도의 미래를 위한 평화헌법의 근본을 이루고 있다. "자유인도의 행정 기본단위는 자급자족 및 자치의 마을이 된다"라는 서문으로 시작되는 『자유인도를 위한 간디의 헌법안』에는 시장자본주의와 병영국가주의로 포장된 근대국가 체제 이후의 국가구조에 대한 기획과 국가기능, 교육, 치안, 산업, 무역과 상업, 위생, 의료제도, 사법, 재무 및 과세 심지어 레크리에이션까지를[61] 포함한 정치 과정을 면밀하게 주석해놓고 있다. 거기서 그는 "마을공동체는 작은 공화국이다. 필요한 것 거의 전부가 마을 속에 있고, 바깥과의 관계로부터 거의 독립해 있다. 마을 이외의 것은 아무것도 남아있지 않을 때에도 마을은 남는다"라는 비전을 제시하면서, "국가는 농축된 폭력이다. 개인에게는 영혼이 있지만 국가는 영혼이 없는 기계이다. 국가의 존재 자체가 폭력에 유래하기 때문에 폭력에서 유리되는 것은 불가능하다"는 견해를 피력한다. 그 국가의 폭력을 전위에서 수행하는 것이 군대이다. 그의 비폭력주의는 '군대 해산'이[62] 궁극적 평화의 출발점이라는 견해에 도달한다. 특히 군산복합체의 형태를 띤 근대 이후 제국의 군대는 경제, 정치, 법, 문화의 총체적 형식을 지님으로써 폭력의 재생산을 위한 첨병이 되고 있다. 20세기를 통하여 대부분의 군대는 외국인(6845만 2000)보다 자국민(1억 3475만 6000)을 더 많이 죽였다. 이는 "군대가 국민을 외국의 적으로부터 지키기 위해 존재한다는 고정관념과 모순"된다. "세계의 많은 국가에서 군대는 국민과 싸우는 것 이외의 목적을 갖고 있지 않"다. 문제는 그러므로 군대의 비대화는 필연적으로 전쟁을 불러온다는 점이다. "군대의 유일한 상품은 전쟁"이기 때문이다. 자본주의 경제의 하위체제로서의 군산복합체는 국민과 시민을 위해 생산하는 제도라기보다 생산과 파괴의 순환에 기초한 제도이다. "전쟁과 전쟁 준비"는[63] 국가주의 경제시스템의 불가결한 요소가 되는 것이다. 이를 명확하게 직시한 간디의 자유인도의 미래를 위한 평화헌법은 판챠야트에 기초한 '마을 공화국'을 최종심급으로 하고 있다.

그 공화국의 기원은 노자의 소국과민과 근사하게 만날 수 있다. 그가 소국과민의 부족국가에서는 전쟁기계와 군대의 쓰임이 더 이상 필요없다는 견해를 피력할 때, 그 이웃과 이웃으로 연결된 마을들은 늙어 죽을 때까지 서로 넘보지(침략하지) 않는다고 언술한 것도 간디의 마을공화국과 같은 맥락으로 설명된다. 그 공화국이 한반도 통일이행기 이후의 국가구조와 시민의 생태적 삶을 담보하는 비전이 될 수 있다.

III.

분단체제를 넘어서

― 사랑의 원리로서의 소국과민

엔트로피와 은유

현 단계를 한반도의 '통일이행기'로 정의하는 데는 별 무리가 없는 것처럼 보인다. 패러다임의 차원에서 그것은 분단체제를 이월하는 다른 의미를 내포하고 있다.[64] 통일이행기 한국문학을 해석하는 키워드로 '이중구속'을 제시한 바 있다. 이중구속은 이행기 한국문학 해석에 대한 주목할 만한 이니셔티브를 은유하고 있다.[65] 이중구속이 해석의 방법적 전략이라면, 엔트로피는 문제의 근본 인식과 해석적 지혜를 포괄한다. 엔트로피적 은유와 인문적 사유의 융합이 왜 필요한가에 대한 문제의식이 신중하게 호출된다.

주지하듯이 엔트로피는 에너지와 이를 둘러싼 열의 역학

적 이론에 관한 두 기본법칙인 열역학 제1, 2법칙을 설명하는 제한적 쓰임새를 갖는다. 그런데 이것이 '정신에너지'의 영역까지를 포괄할 수 있다는 가정, 혹은 믿음이 여러 형태로 확산돼왔다. 일차적으로 그것은 기계적 패러다임으로 통칭되는 뉴턴 역학에 대한 반동임과 아울러 인간과 자연을 둘러싼 제 현상에 관한, 나아가 포스트근대의 사회적 관계 변화의 복잡성에 대한 해석의 확장이다. 문명의 차원에서 그것은 근대적 인간관, 혹은 근대적 진보 패러다임에 대한 깊이있는 성찰을 강제한다.

정치적으로 외연을 확대하면, 국가주의로 집약되는 패권적 중앙집권제와 그것에 기반한 선조적linear 발전모델에 도취된 경제구조의 한계가 이에 관한 인식의 토대를 이룬다. 가령, 한반도의 경우, 남북 공히 끊임없는 과잉 에너지 소비와 이를 통한 '적대적 공존'이라는 정치적 책략에 준거한 군사조직을 가동하고 있으며, 한편은 비대한 수출 주도형 경제로 인해, 다른 한쪽은 비경제적이며 전근대적인 통제경제로 인해 만성적인 위기를 시민들에게 지속적으로 강요하고 있다. 그 결과 한반도의 생태는 엔트로피 과잉 상태인 반생태적이며 반생명적

인 삶에 전면적으로 짓눌려 있다. 죽임의 문화가 지배하는 사회인 것이다.

네겐트로피가 생태적 반응으로 작동될 때, 우리는 가령, "사랑이 반엔트로피적인 것이라면 사랑은 생성과정에 반대되는 힘으로 작용"할 수 있다는 주장이 호소력을 발휘한다. 이문제는 궁극적으로 열역학 제4법칙으로 통칭되는 "폐쇄계에서 물질 엔트로피는 궁극적으로 극대점을 지향한다"라는[66] 명제와 조우한다. 말하자면 지구상의 물질적 엔트로피는 지속적으로 증가하며 언젠가는 극대점에 도달할 것이라는 자명한 사실이 유기체의 유한성에 대한 인식과 함께 지구생태에 대한 도전적인 성찰, 좁혀서 한반도 미래 생태계에 대한 각성된 이성적 비전을 요구한다. 엔트로피와 생명에 관한 전환적 인식이 요구되는 이유이다. 따라서 과학적 명제가 미적 은유와 대립을 넘어 간섭하며 어떤 차원에서는 호환될 수 있다는 인식을 주목한다. 이에 관한 주목할 만한 모티브를 제공한 슈뢰딩거는 '생명이란 무엇인가'란 질문에서 엔트로피를 막연하거나 추상적인 개념이 아닌, 막대기의 길이, 신체 어느 부분의 온도, 결정의 융해열 또는 물질의 비열과 같이 측정 가능한 물리량

임을 강조하면서 '절대온도 0°(-273°C)에서 모든 물질의 엔트로피는

엔트로피 = k log D

(k : 볼츠만 상수=3.2983×10^{-24} cal/°C. D : 의문시되고 있는 물체의 원자적 무질서의 정량적인 측정값)[67](밑줄 및 강조 필자)

란 공식을 도출한 바 있다. 여기서 무질서 D는 부분적으로는 열운동의 무질서이며, 또 다른 측면으로는 다른 종류의 원자들이나 분자들이 멋대로 섞일 때의 무질서이며, 세목적으로는 유기체, 특히 인간의 생명활동에 관한 무질서를 포괄한다. 명기한 바와 같이 '의문시되고 있는 물체의 원자적 무질서'란 변수를 안고 있는 이 공식에 의하면, 물체에 열을 가하면 D가 증가하고 그에 따라 결국 엔트로피도 증가한다. 이것이 바로 열역학 제2법칙, '엔트로피는 증가한다'라는 명제의 핵심을 이룬다. 그런데 문제는 이 법칙을 포괄하면서 넘어서는 유기체의 환경, 다시 말해, 생명의 질서에 관한 물음으로 확대된

다. 유기체는 자연(사회) 환경으로부터 '질서'를 얻어내야 생명을 지속할 수 있다. 즉, 생명은 네겐트로피를 먹고사는 것이다. 바로 이 모순, 그러니까 인간은 증가하는 엔트로피 환경에서는 생존이 불가능한 '보생명co-life'의[68] 존재라는 진리가 지구 생태에 대한 새로운 패러다임, 더 낮은 차원에서는 근대적 생산양식과 시장경제의 패러다임을 전환할 수밖에 없는 긴박한 생태적 문제인식을 요구한다. 우리는 이 인식의 연장선상에 분단체제가 있음을 상기하고자 한다.

분단체제는 그 자체로 이미 반생태적일 뿐만 아니라 반휴머니즘을 내재하고 있다. 그것은 분단체제의 역사가 나쁜 대결과 경쟁, 상호투쟁을 위한 무력의(엔트로피 증가) 무한 증식을 기본구조로 하고 있기 때문이다. 그 구조는 소수의 승자와 다수의 패자를 견고하게 구조화하는 '악의 생태'를 구축해 왔다. 그렇기 때문에 분단체제는 엔트로피 공식에서 예측하기 어려운 D의 값, 즉 지뢰를 부면 곳곳에 내재하고 있다. 그러니까 바로 이 의문시되고 있는 무질서 값의 무한 증식이 문제로 지적된다.

이미 이 문제에 대해 깊은 사유에 이르렀던 테야르 드 샤르댕은 우주의 관찰을 통해 지구생태계와 생명 '현상'을 과학적으로 규명하고자 했다. 그 노력의 최종심급은 "우주 진화의 내면에는 의식의 증대가 있고 진화 외면에는 복잡화의 증가가 있으며 군집은 개별화한다"라는 은유적 명제로 귀결된다. 최초의 우주를 이루는 기초물질은 "서로 모여 하나를 이룬다." 하지만 그가 관찰하고 규명한 더 중요한 요인은 그 "원자들이 모이고 결합되어 하나의 물질이 되는 것은 신비"라는 직관적 응시이다. 신비는 과학이 해명하기 모호한 어떤 것이 아니라, 그 자체가 과학의 어떤 부분에 자연스럽게 용해될 수 있다는 차원과 접맥돼 있다. "개별 입자의 중심 너머, 그 중심들을 감싸는 무엇이 있다"라는 인식, 나아가 "우주를 이루는 구성 원소 하나하나는 다른 원소와 거미줄처럼 얽혀있으며 구성은 신비한 현상"이라는 혜안이 생물학적 측면에서 두 에너지 법칙: 물리화학 성질이 변할 때 새로운 에너지는 발생하지 않는다,와 물리화학 차원의 변화에는 열역학이 발생하여 가용 에너지의 일부가 반드시 엔트로피로 된다,라는 명제를 이끌어낼 수 있게 하였다.[69] 낯설고 생경한 것처럼 보일 수도 있는 이 과학적 은유는 그가 예수회 전통의 깊은 영향을 받았기 때문이라고 추론해볼 수도 있겠지만, 다른 한편 그는 그 종교로부터 파문되어 망명하는 삶 속에서도 세속적 종교와 기계적 과학주의가 지닌, 나아가 이를 바탕으로 누적된 근대자본주의의 폭력과 반인간주의에 맞서 싸움으로써 새로운 생명과학의 세계로 나아갈 수 있었다. 그 결과 "물질 에너지와 얼 에너지는 '어떤 무엇을 통해' 서로 연결되고 결합되어 있음을 의심할 수 없"으며, 그렇기 때문에 "물질의 종합 상태가 증가하면서 그와 함께 의식이 증가"하게 되는데, 우주 "바깥으로는 새로운 형태의 미립자 집합이 이루어져 다양한 크기의 무한한 물체가 더욱 유연하고 농축된 조직을 형성한다. 안으로는 새로운 형태의 활동 곧 의식의 움직임이 있다"라는 통찰에 이르게 된다. 투명한 의식으로 성취한 그 과학적 통찰이야말로 근대적 학문이 도달한 전혀 새로운 어떤 경지이다. 그렇기 때문에 샤르댕의 생명인식에서 중요한 키워드로 작동하는 것은 사랑과 '다음생명'을 매개하는 '오메가 포인트'이다. 그는 생명진화를 의식의 상승으로 이해함으로써, 그 의식의 변화 없이 진화는 불가능하다고 주장하면서, 의식의 상승인 생명현상의 본바탕을 이루는 것을 사랑이라고 본다. 생물계(나아가 우주) 전체에서 사랑은 사람에게만 있는 것이 아니다. 그 현상은 포유류에게서 가장 강력하지만, "아주 미약하나마 분자에게도 서로 하나가 되려는 욕구가 없었다면 높은 진화 단계인 사람에게서 사랑이 나타나는 것은 물리적으로 불가능하다. 우리에게 사랑이 있다고 하려면 존재하는 것에는 모두 사랑이 있다고 해야 한다. 우리 둘레에서 수렴하며 올라가는 의식들 어디에도 사랑은 빠지지 않는다. (…) 사랑의 힘으로 세상의 조각들이 모여 세계를 이룬다."[70] 그 사랑이 말하자면 '다음생명'의 출현을 가능하게 할 수 있다. '다음생명'이란 사랑의 원리 속에 구현된 네겐트로피적인 것이며, 그 질서의 바탕을 통해 구성된 지구생명 공동체이다.[71] 샤르댕의 생명 이해는 근대적 과학을 넘어 인간현상에까지 닿아있다.

라캉이 인간의 무의식적 리비도를 "은유의 창조적 불꽃"이라고 호명한 것에서 우리는 인간의 생명활동이 지니는 엔트로피적 신비를 엿보게 된다. 라캉의 경우 이 신비를 언어과학의 차원으로 매개하는 것은 무의식이다. 문학의 언어가 은유적이라면 그 은유는 더 높은 위계에서 과학적이기도 하다. 생명에 대한 과학적 이해를 문학은 인간학으로 치환함으로써,

과학적 사실이 보지 못하는 내면의 진실을 과학보다 더 과학적으로 재현할 수 있는 가능성을 열어놓았다. 아마도 라캉이 "무의식은 언어처럼 구조지어져 있다"라는 명제를 던졌을 때의 함의가 이와 유사할 것이다. 그가 무의식을 언어의 구조처럼 과학적이라고 주장한 이면에는 언어(은유)를 통해서만 세계 해석의 과학적 인식에 도달할 수 있다는 창조적 파괴의 역발상이 자리하고 있다.[72] 그 열망의 중심에 엔트로피적 은유의 모티브가 있다.

가령, 최제우의 기록들은 종교와 정치, 정치와 문학 사이에서 역동적으로 활동하는 언어의 은유를 가감없이 재현해낸 보기이다. 최제우의 시대는 엔트로피가 최대치로 상승하던 역사였다. 그 상승은 민중의 불안, 우울, 궁핍, 불행, 비참을 폭증시킴으로써 생명의 죽임을 향한 정조가 만연된 시대였던 것이다. 그 풍운의 시간들 앞에 그의 민중을 향한 발언은 네겐트로피적 생명의 언어로 환원된다. 그 생명의 은유적 기록을 '모심'侍에서 발견한다. 동학 경전의 정수를 압축적으로 표현하고 있는 이 어휘는 논학문論學文 21자 본주문本呪文, 더 나아가 13자 주문으로 집약되며[73], 그것은 궁극적으로 '侍' 한자로 수렴된다. '시'란 '侍者 內有神靈 外有氣化 一世之人 各知不移者也', 다시 말해 모심이란 (우주진화) 안으로 의식의 활동이 있고, (진화) 밖으로 기화(생명활동)가 있음으로, 세상 사람들은 이에 스스로 함께 더불어 살아야 함을 안다,라고 풀이된다. 우리는 여기서 샤르댕의 인간현상을 넘어, 새로운 문명과 생명 현상에 대한 비전을 생각해보게 된다. 인간에 대한 믿음이 땅에 떨어진 시대 이후의 삶을 비전으로 하고 있는 '모심'은, 큰 차원에서는 우주만물의 생태적 조화로움, 구체적으로는 인간에 대한 궁극적 예의, 19세기 한반도의 정치적 왜곡에 대한 직시를 통해, 민중의 삶을 구휼하는 정의로운 생명활동을 향한 메타포로 작동한다.

현단계 분단체제는 최제우가 직시한 정치적 비전에 비유될 만하다. 민중의 생명활동의 억압과 왜곡을 어떻게 극복할 것인가에 대한 질문은 이 땅의 정치적 자유와 삶에 관한 핵심을 관통한다. 분단체제하의 언어적 무의식의 징후를 분석해보는 작업이 필요한 이유이다.

생태와 정치

정치적 생태주의가 지향하는 궁극 목표는 인간해방의 윤리이다. 원칙적으로 생태주의 운동은 "경제권력의 도구들이 일상 문화를 파괴하는 데 대한 자발적 항거에서 탄생"했다.[74] 문제의 심각성은 이 도구들이 한 개인이 주체적으로 이 세계와 스스로 함께 살아가는 방법, 생산하고 소비하는 방법을 결정할 권리를 빼앗고 자본과 국가가 유린하도록 한다는 점이다. 토착어와 지역문화 수호운동, 대안의학 운동, 낙태권리 운동, 지역화폐 운동, 소수자의 상호 부조 운동, 도농직거래 운동, 존엄성있게 죽을 권리를 위한 운동 등 권력, 전문가, 자본의 지배에 대항하는, "공동체의 실존적 자율성의 파괴에 대한 저항

이 생태주의 운동을 규정짓는 특별한 구성요소의 시발점"이라고 할 수 있다. 그렇기 때문에 궁극적으로 정치적 생태주의 운동은 민주주의의 문제로 수렴된다. 이 문제의 핵심 현안이 자본과 국가주의의 폭력인 이유이다.

생태적 자각과 관련하여 한반도 생태계를 관찰해볼 때 지속적인 화두로 등장하는 것은 분단체제와 극에 달한 국가주의 경제이다. 분단은 그 자체로 이미 반생태적일 뿐만 아니라, 남북의 체제 이데올로기를 강화하고 이를 통해 남북 민중들을 지속적인 고통 속에 가두는 원인과 근인이다. 분단의 정치경제학은 소수권력을 위한 지속적인 민중 억압이 반복 재현되는 시간적 흔적을 기록하고 있다. 민중 억압과 반생태적 메커니즘은 반복되는 과정의 정치적 기술이다. 가령 최근 한국문학에서 다양하게 재현되고 있는 북한 인민들의 월경(디아스포라)은 북한 인민이 처한 반생태적 현실을 정확하게 반영한다.

분단체제가 내면화하고 있는 반생태성은, 그 자체로도 실존적 상흔을 덧나게 하는 것이지만, 정치적 이데올로기를 통해 왜곡되었을 때의 측정할 수 없는 후유증은 그 이상이다.

후자의 경우 권력담당층이나 권력이데올로기가 행사하는 악성 국가주의 형태로 외화되는 경우가 빈번한데, 최근까지 지속적으로 등장하는 반공이데올로기(종북논쟁)나 그릇된 안보 맹신주의, 색깔론으로 분칠된 획일주의의 득세가 그 예들이다. 이성이 설 자리를 거세당한, 집단 이지매문화의 변형인 악성 국가주의는 분단체제하의 권력 서클이 어떻게 지속적으로 시민을 길들여왔는가를 엿볼 수 있는 창이기도 하다. 백낙청은 이런 '분단효과', '분단편익'과[75] 관련된 제 현상을 분단체제론으로 규정하면서, 거의 형식적 국가체제로까지 굳어진 분단된 각각의 체제는 그러나 일정한 자기재생산 능력을 갖춘 불안정한 하나의 체제이며 그것은 세계체제의 하위체제로서 존재적 지위를 얻고 있는데, 특히 남북한 지배계층이 내세우는 분단 이데올로기인 남한의 반공주의와 북한의 주체사상(혹은 김일성주의)은 다분히 적대적인 것처럼 보이지만 훨씬 더 상호의존적인 관계를 지속해옴으로써 민중의 고통을 단속적으로 야기한다고 규정한 바 있다. 몇 논쟁을 거치면서 정리된 그의 분단체제론은 대체로 현단계 남북한 역사와 현실을 가장 효과적으로 설명하기 위해서는 분단된 두 국가의 관계를 자기재생산 능력을 가진 분단체제로 규정해야 하며, 한편 그런 한반도의 분단체제는 자기완결적 체제가 아니라 자본주의적 세계체제의 하위체제로서 동아시아에 자리잡은 특수한(고유한) 존재로 자리매김하고 있다는 것으로 요약된다. 분단체제는 반민주적이고 비자주적이기 때문에 남한 내부의 경우 민주화, 자주화의 비전은 분단체제 변혁을 통해서만 가능하다. 남한 내부의 민주화, 자주화는 분단체제 변혁뿐만 아니라 세계체제 변혁으로 나아가야 하며, 이를 위해 남한 민중의 변혁운동은 북한 민중, 나아가 동아시아 및 세계 민중과 연대하는 운동이 되어야 한다.[76]

백낙청의 비전은 하나의 당위이면서, 그 당위를 넘어서는 가능성이다. 문제는 분단체제론이 여전히 유효한 힘을 발휘할 수 있는 조건인가에 대한 현실 진단이다. 90년대 후반 이후 그러니까 동서 이데올로기의 해체와 독일 통일 이후 전개된 세계 변화를 우리는 분단체제 현상을 넘어서는 징후적 표지로 볼 필요가 있으며, 그렇기 때문에 낮은 단계의 통일시대인 통일이행기로 적시해야 할 조건에 직면해 있다. 이 전제의 수용은 곧 낮은 단계의 통일시대로 명명되는 현단계 한반도 시민의 삶의 비전을 어떻게 설정할 것인가란 질문을 상정하게 한다. 따라서 그것은 우리에게 두 가지 다른 심문을 유도한다. 하나는 실질적으로는 분단체제를 거의 의식하지 못하는 삶을 영위한다는 자기부정과 모순의 삶이다. 자신의 내부에 깊이 박힌 분단체제의 '파편'을 외면하고 사는 한 그 주체는 반생태적일 수밖에 없다. 다른 하나는 이 물음 자체가 복잡하면서도 높은 단계의 정치적 판단과 관계하기 때문에 근본적으로 해답을 구하기 곤란하다는 인식이다. 미, 러, 중, 일의 역학관계에 더 크게 영향을 받고 있는 분단체제하의 다양한 근본 문제들은 그러나 남·북의 실체적 권력이 근본적으로 미래를 지향하는 한 그 주도권은 남북한 민중들의 것이며, 높은 시민의식이 작동하는 한, 그 미래는 그 시민들의 주체적 의지가 결정할 수밖에 없다는 경고를 특별히 강조하고 내면화할 필요가 있다.

이는 한반도 시민의 분단체제 극복이 매우 복잡한 관계망 속에 있다는 것을 또한 상기하게 한다. 가령, 베를린 장벽의 붕괴로 통칭되는 냉전의 종식으로 탈냉전시대를 맞이했지만, '한반도의 분단은 냉전종식으로도 끝나지 않고 있다. 이데

올로기에 따른 냉전이 한반도 분단의 원인일 수 없다는 반증'
이[77] 그것이다. 커밍스는 이 메커니즘을 미국이 소련(러시아)
과의 적대적 공존을 전제로 세계 유일제국의 패권을 수립하
기 위해 선택한 전략의 일환으로 규정한 바 있다.[78] 한반도 분
단은 미국의 패권 프로젝트, 자본주의적 세계경제의 하부구조
로, 특히 한국전쟁은 일본 경제의 비약적 성장, 미일방위조약
과 자위대 창설, 유럽의 냉전 공고화, 군산복합체에 의한 미국
의 패권주의 완성에 크게 기여했다. 말하자면 냉전을 미국의
패권주의하의 자본주의 세계체제의 확립으로 본다면 한반도
분단은 그 본질을 확실히 구현하고 있는 현재진행형의 현실
인 것이다.[79]

여기서 이중삼중의 반생태적 삶의 조건들이 한반도의 미
래를 제약하고 있음을 간파할 수 있다. 우리가 잊고 있거나
외면하고 있는 그 분단체제를 악용하여 악성국가주의를 종
양처럼 키워가고 있는 북한과 남한의 권력담당층을 명확하게
직시해야 하는 이유가 또한 여기에 있다.

바로 그렇기 때문에 우선 남한만이라도 진정한 시민민주
주의의 꽃인 실질적 지역자치제를 정착시켜 나가는 역량이 요

구되며, 이를 통해 참여민주주의의 실질적 실험을 경주해야 할 필요가 제기된다. 그러기 위해서는 새로운 도시공동체의 구성, 궤멸된 농촌 공동체의 부활을 위한 마을자치 형태의 꼬뮌 건설이 필연적으로 요구되며, 그 바탕 위에서만 한 주체가 희망하는 자유와 자율적 삶도 궁극적으로 개화할 수 있다. 정치의 생활화와 생활의 정치화가 시민적 삶으로 내면화되어야 하는 이유인 것이다.

언어적 무의식

문학은 복잡화하고 개별화하는 양식이다. 인간관계의 생태적 지향과 자유의 궁극을 향한 열망이라는 측면에서 문학은 인간과 삶의 변화 중심에 위치한다. 문학의 복잡성은 인간의 그것만큼이나 깊고 모호하며, 그렇다는 점에서 진화의 내면은 의식의 팽창과 복잡화를 지향하고 군집은 개별화하는 특성이 있다고 언명한 샤르댕의 명제를 모사한다. 복잡화가 엔트로피의 증가와 관계할 수 있다는 유추는 문학의 복잡성이 엔트로피(죽음)의 상태를 지향한다는 기계적 결정론의 해석을 넘어, 그 이상의 질서를 창조적으로 재구조화할 수 있다는 언어적 무의식과 교호한다.

문학은 현상적으로 엔트로피의 증가를 향해 있는 것처럼 보이지만, 그것의 승화인 '온생명global life'의 상태를 지향한다는 점에서 궁극적으로 생태적이기도 하다. 가령 「파편」(이동하)은 전쟁체험세대 유년기의 한 전형을 보여주는, 높은 엔트로피를 지향하는 텍스트인 것처럼 보인다. 이 소설의 초점은 6·25를 배경으로 삼촌의 죽음을 응시하는 '나'의 내면적 '자괴'를 다룸으로써 죽음과 자괴 사이에 놓인 정신적 파노라마를 여러 형태로 연출한다. 나는 삼촌의 죽음을 "일찍이 내가 속해 있었던 한 세계의 완전한 종언을 의미"하길 간절히 소망한다. 그것은 "내 어린 시절의 기억에 대한 저주" 때문이다. 문제는 그 소망을 거슬러 "진저리나게 더욱 또렷이 살아나는 그때의 회상", 혹은 그 상흔의 파편이다. 두말할 필요도 없이 '나'의 그런 근본적인 자괴로 인해 삶을 고통스럽게 하는 단서는 집안의 이력을 중심으로 펼쳐지는 한국근대사다. 친일을 통해 축재와 부귀영화를 누린 조부, 이를 발판으로 일본에 유학한 부친은 귀국 후 좌익이 되는데, 상대적으로 조부의 서얼이었던 삼촌은 마름 정도의 취급을 받았지만 국방군에 입대함으로써 해방 후 친일반역과 빨갱이로 몰락한 집안과, 다른 무엇보다 이와 연관돼 죽음에 내몰린 모친을 구하는 데 결정적 기여를 하게 된다. 문제는 그 삼촌이 끝내 밝히지 않은 부친의 죽음과 가슴 깊숙한 곳에 간직하고 있는 내 인생 전체를 괴롭히는 '파편'이다. 내가 그토록 완강하게 부정하고 또 잊고자 했던 숙부에 대한 부정은 나의 삶의 상흔 그 자체라는 거역할 수 없는 진리 앞에서 '나'의 내면을 엔트로피적 시간의 지배로부터 벗어나지 못하게 하는 것이다. 분단체제의 파장이 어떻게 한 실존에게 내면화되고 지속적인 삶의 왜곡으로 재현되는지를 우리는 여기서 환기하게 된다.

아마도 삼촌의 죽음으로 "내가 속해 있었던 한 세계의 완전한 종언"이[80] 되었으면 하는 나의 소망은 그렇지 못한 현실을 넘어, 그 상흔이 자신의 미래 삶에도 지속적으로 간섭할 수 있다는 고통 앞에 번뇌할 수밖에 없을 것이다. 문학은 그것의 특별한 국면을 인간적 연민으로 형식화한다. 엔트로피를 지향하는 삼촌의 삶이 역설적으로 생태적인 것은 나의 인간적 연민인 '자괴'와 관계한다. 그 자괴감이 '나'의 내면을 지배하고 살아있는 한, 역설적으로 삼촌의 불행은 오히려 나의 삶을 지탱하는 네겐트로피적 에너지가 될 수 있다.

분단체제의 정치적 무의식에 감염된 나의 삶이 그 상흔
으로부터 벗어나는 길은 분단체제를 극복하는 과정과 맞물려
있다는 유추에 이른다. 또 다른 전쟁 유년기 체험세대의 삶
의 완성을 기술하고 있는 「가위 밑그림의 음화와 양화」(이청
준)를 지배하는 것도 이 자괴감이다. 고문관 되기, 혹은 자폐
적 삶으로 요약되는 '나'의 그런 사회화 과정의 기원을 면밀
히 추적해보면 그 동기로 작동하는 것은 단연 6·25이다. 전
쟁과 가난은 '나'에게 전면적인 궁핍과 더불어 이상한 트라우
마, "자기가 누군지를, 잃어버린 기억을 되살려내려고 어찌나
애를 쓰는지, 옆엣 사람이 정말 안타까워 못" 볼 정도의, 더 정
확하게 말해 "그 후로도 나는 몇 차례 비슷한 증상의 전조를
느끼곤 하였는데, 어떤 땐 갑자기 눈앞의 현실이 지나간 시
간 대 속의 기억들처럼 내 의식의 스크린에서 정지해버린 적
이 있었다. 눈앞의 현실이 과거의 기억의 재생인 것 같은 기이
한 느낌. 그리고 그 위로 또 하나의 살아 움직이는 현실이 겹
쳐들기 시작"하는 증상, 그것의 기원은 바로 "저 혹독한 6·25
경험 속의 공포의 전짓불. 그 비정한 전짓불빛 앞에 나는 도
대체 어떤 변신이나 사라짐이 가능했을 것인가. 앞에 선 사람

의 정체를 감춘 채 전짓불은 일방적으로 '너는 누구 편이냐'고 운명을 판가름할 대답을 강요한다. 그 앞에선 물론 어떤 변신도 사라짐도 불가능하다. 대답은 불가피하다. (…)그것은 제 목숨을 건 자기 진실의 드러냄"임과[81] 동시에 자기분열의 과정이기 때문이다. 베이트슨은 이런 상황을 '이중구속'double bind으로 명명하면서, 대부분의 인간은 이중구속 상황에 처했을 때, 정신분열증 환자와 비슷한 방식으로 반응한다는 실험 결과를 제출한 바 있다.

두 텍스트는 각각 어떤 증상을 앓고 있거나 내면화된 상태로 사회화를 향해 있는 두 인물을 가감없이 묘파한다. 전쟁의 상흔은 깊고 무거우며 지속적이다. 분단체제의 뿌리가 어떻게 파장하고 반복·지속되는지를 언어는 증언하고 기록한다. 그 기록의 정치적 무의식은 인간 욕망의 재현 본능과도 같은 것이다. 전짓불의 공포를 내면화한 '내'가 '키 작은 자유인'으로 살겠다는 다짐을 한 이면에는, '나'는 그 공포를 증언하고 형식화하겠다는 정치적 무의식, 혹은 트라우마와 싸우고 있는 '나'의 언어적 욕망이 자리하고 있다. 문학은 전쟁과 분단의 상흔이 파장한 죽임의 문화를 엔트로피적 에너지로 은유하는 언어적 과정을 통해 그 상흔의 기원을 추적하고 현재를 분석함으로써 왜 분단체제가 죽임의 문화인지를 높은 단계의 은유적 형식을 빌어 성찰한다.

더불어 두 텍스트는 분단체제기 한국문학의 키워드가 단연 국가주의의 폭력과 그것의 지속적인 트라우마로 수렴되고 있음을 예증한다. 「파편」을 지배하는 정조는 높은 엔트로피로 특징지어지는 죽음의 전면화로 요약된다. 그러니까 화자인 '나'는 죽음을 산다. 어둠이 그의 삶 전체를 감싸고 있는 삼촌의 역사적 시간은 그런 나의 상징적 알레고리인 것이다. 「가위밑 그림의 음화와 양화」는 증상의 현재화인 이중구속된 나의 내면을 지속적으로 간섭하는 '전짓불 앞의 공포'를 보여준다. 이를 통해 나는 '고문관'이나 '자폐증'을 내면화하고 살 수밖에 없었으며, 전짓불의 공포를 증언하기 위해 문학이라는 욕망에 사로잡힐 수밖에 없게 되는 과정을 보여준다. 사로잡힌 영혼의 언어는 어떤 정치적 무의식을 향해 있다. 라캉은 그것을 "은유의 창조적 불꽃"이라고 명명했다. 이청준의 언어가 의미를 획득하는 영역은 바로 그 정치적 무의식이 작동하는 영역이다.

「파편」과「가위밑 음화와 양화」가 재현하고 있는 상흔의 극복은 어떻게 가능할 수 있을까. 밀실의 공포와 중상을 안고 사는 삶으로부터 광장의 문화와 공동체의 삶을 복원하는 길은 무엇일까. 의식의 전화와 확대가 선구적 문화인과 문학적 집적을 통해 여러 형태로 제출된 바 있지만, 그 비전을 가시적으로 열어준 것은 '6·15남북공동선언'과 '10·4선언'이다. 특히 2000년 6월 15일 합의된 5개의 선언문[82] 즉 "1) 남과 북은 나라의 통일 문제를 그 주인인 우리 민족끼리 서로 힘을 합쳐 자주적으로 해결해 나가기로 하였다. 2) 남과 북은 나라의 통일을 위한 남측의 연합제 안과 북측의 낮은 단계의 연방제 안이 서로 공통성이 있다고 인정하고 앞으로 이 방향에서 통일을 지향시켜 나가기로 하였다. 3) 남과 북은 올해 8·15에 즈음하여 흩어진 가족, 친척, 방문단을 교환하며 비전향 장기수 문제를 해결하는 등 인도적 문제를 조속히 풀어나가기로 하였다. 4) 남과 북은 경제협력을 통하여 민족경제를 균형적으로 발전시키고 사회, 문화, 체육, 보건, 환경 등 제반 분야의 협력과 교류를 활성화하여 서로의 신뢰를 다져나가기로 하였다. 5) 남과 북은 이상과 같은 합의사항을 조속히 실천에 옮기기 위하여 빠른 시일 안에 당국 사이의 대화를 개최하기로 하였다"로부터 촉발되며, 획기적인 주목을 요하는 것은 남측의 '연합제'와 북측의 '낮은 단계의 연방제' 안이다.

수사적 깊이와 밀도에서 단연 높은 단계의 은유적 언어를 구사하고 있는 '낮은 단계의 연방제' 혹은 '연합제'의 함의는 지금까지 남북이 제출한 문건 중에서 또한 가장 높은 단계의 네겐트로피를 함유하고 있다. 문학과 정치적 수사가 다른 차원의 것이 아니라 공유되고 교환될 수 있는 언어적 형식이라는 암시를 우리는 여기서 간취한다.

남과 북의 정치적 합의는 실질적으로 분단 이후 최초이자 최고 높은 수준의 신뢰를 전세계 민중들에게 각인시켰다는 점에서 강한 반향을 일으켰고, 이를 통해 통일이행기로 진입할 수 있는 실질적인 프레임이 만들어졌다. 이 의미는 크고 엄중한 것이어서 어떤 정치적 수구와 반동, 어떤 권력 담당층의 적대적 공존의 향수를 향한 복고적 포즈에도 불구하고 현단계가 통일이행기이며, 이는 남북의 나쁜 국가주의와 이를 악용하는 미, 일, 중, 소의 패권적 전략에도 불구하고 돌이킬수 없는 방향으로 나아가고 있다는 징후와 의식화의 증거로 각인되기에 충분하였다.

그 징후를 승화시킬 최종 주체는 그러므로 남북한 민중이다. 그 민중의 정치적 주체로서의 역량을 발전시키는 다양한 작업이 현단계 최고의 중차대한 과제로 부여되었다. 남한의 경우 그 과제의 실천 핵심은 절반의 실패로 평가되는 지역자치제의 실질적 부활을 위한 경주이다. 실패 책임의 핵심에는 기성정치의 부패와 부조리, 무능, 반동과 수구적 야합, 같은 크기의 주민의 무관심, 자치제가 지닌 중대하고도 통일비전적인 전망에 대한 부재 등이 자리한다. 그렇기 때문에 이 모순을 과정의 정치로 승화시킬 지혜를 공유하는 절차와 의식의 변화가 절실하게 요구된다. 문화혁명이 그것들 중 하나로 강조될 수 있다.[83]

문화혁명, 문화정치의 궁극은 삶의 '영구혁명'과 관계한다. 정치의 생활화와 생활의 정치화는 시민 삶의 실체적 세목이다. 생활정치의 구현을 위해서는 주체들의 삶을 위한 정치를 조직하는 실천이 필요하다. 가령 다양한 형태로 시도되고 있는 대안경제, 대안정치, 협동조합 등이 현실적 예화가 될 수있다. 지역화폐운동, 도시공동체 운동, 사회적 기업 운동, 먹거리 직거래 운동, 탈핵 운동, 철도민영화, 의료민영화 반대 운동 등과 같은 광장의 정치, 소규모 연대와 모임의 활성화를 통해 새로운 공동체를 어떤 형태로든 부활하는 과정이 다양하고도 전면적으로 확산될 수 있는 지혜와 열정이 공유되고 지속되어야 한다. 이것은 맹목적 국가주의와 국가주의 경제가 우리의 실질적 삶을 위한 경제와 정치가 되지 못한다는 자각과 관계한다.

만약 이 단계에서 조금 더 나아갈 수 있다면 우리는 노자의 '소국과민'을 미래적 비전으로 환기해볼 수도 있다. 높은 엔트로피로 인간적 삶 자체가 전면적인 위기에 봉착한 자신의 시대를 직시하는 가운데, 이를 타개할 동시대 삶의 전체적 형식과 내용을 '도'로 규정하면서 이를 형성의 개념으로 본 노자는 세계와 만물의 운행 원리, 인간관계와 사회 이치를 과정의 정치와 운동하는 엔트로피로 응시함으로써 인간이 추구하는 최고의 궁극적 진리와 인간해방에 도달할 수 있는 가능성을 '도'로 수렴한다. 말하자면 '도법자연'으로 압축되는 삶의 최고 법은 근본적으로 자유와 고리를 맺는다. 그 자유란 곧 무위이다.

단순하게 삶의 계급적 위계, 분별의 무위로부터 삶과 지식, 억압과 자유의 경계와 차별에 대한 무위에 이르는 자유인의 길이 무엇인가를 현실 정치에서 고민한 그의 혜안이 정치적으로 도달한 것은 '소국과민'이다. 그러니까 분단체제하에서 민중의 삶을 억압하고 왜곡해온 악성 국가주의는 전면적인 위기에 봉착해 있는 것이 오늘의 남북 현실이다. 그 위기는 일차적으로 권력담당층의 위기이며 국가주의 경제의 위기로 압축된다. 이 위기를 전면적으로 안고 살고 있는 것은 아이러니하게도 한반도의 민중이다. 그렇기 때문에 의식화된 민중, 혹은 '다중'의 새로운 삶과 생태적 조건을 향한 의식의 전환과 실천이 자연스럽게 여러 형태로 의식화되고, 실천되는 과정의 정치가 필요하다.

전환기는 위기의 시대이기도 하다. 위기를 피해갈 방법은 없는 것처럼 보인다. 그렇다면 위기를 몸으로 살아야 하는 지혜가 요구된다. 문명의 새로운 패러다임을 위한 새로운 유목적 사유와 행동이 꼬뮌, 혹은 마을자치를 향해 열려 있다.[84] 새로운 삶의 비전으로 한국적 전통과 새로운 현실에 부응할 수 있는 마을꼬뮌의 기획은 통일이행기를 향한 정치적 비전으로 유효한 힘을 발휘할 수 있다. 그러니까 노자의 현대적 해석은 지적 호기심을 넘어 분단체제로부터 통일이행기체제로 전환하고 있는 한반도 미래적 삶의 가치를 거의 정확하게 사유할 수 있는 자산으로 수용될 수 있다는 점에서 주목에 값한다. 소국과민이 그 현실과 미래정치 체제의 모토가 될 수 있는 것이다.

통일이행기 한국문학은 분단체제기와는 확연히 다른 문학적 작업을 보여준다. 근본적으로 그것은 분단체제하의 악성 국가주의가 전파하고 이데올로기화한 터부에 저항하고 해체하는 과정을 통해 기존 체제를 균열 내는 의식의 전환 과정과 조응한다. 그런 작업의 전위들을 특징짓는 것은 크게 의식적으로 공유되고 있는 국경의 와해와 해체이며, 다른 하나는 거짓 이데올로기와 삶의 왜곡으로부터 이탈하여 현저하게 자본주의 사회의 욕망에 속화되어 가는 형태로의 민족 이데올로기의 해체와 자본으로의 이동, 세 번째로 악성 국가주의가 더 이상 시민들의 삶을 억압하는 것은 불가능하다는 인식의 단계로까지 나아가는 국가주의의 해체적 징후이다. 『찔레꽃』(정도상), 『바리데기』(황석영), 『리나』(강영숙)등에서 집중적으로 묻고 있는 것은 현단계 국경이란 무엇이며, 더 구체적으로 북한 민중의 삶에서 국경이란 무엇인가라는, 실존적이며 생태적인 질문이다. 그 질문은 거개의 경우 높은 엔트로피를 향한 파토스의 형태를 띠고 있는데, 그렇다는 점에서 국경의 해체는 엔트로피적 죽임의 삶으로부터 네겐트로피를 향한 본능적 디아스포라, 그러니까 도주하는 삶으로 해석될 수 있다. 현단계 도주는 한반도 민중의 미래적 삶을 향한 최고 수준의 생태적 반응으로 평가된다.[85] 한편,『국가의 사생활』(이응준)이나『빛의 제국』(김영하)은 이데올로기 이후의 삶, 그러니까 자본의 욕망에 감염된 한 개체의 삶이 어떻게 다른 형태로 파괴되고 있는지를 예각화한다. 그 예각의 시야에서 발췌되는 핵심전언은 북한식 '네이션-스테이트'가 허위의식의 일종이며(남한도 물론 이로부터 자유롭지 못하다), 거짓진리라는 처절한 깨달음이다. 그러나 그 깨달음이 자본에 감염된 어떤 것이기도 하다는 점에서, 이데올로기와 자본 사이에 갇힌, 분열하는 인간은 한반도의 현재를 살고 있는 민중의 트라우마를 웅변한다. 한편,『로기완을 만났다』(조해진)에서 우리는 흥미로운 인간 군상의 모습 하나를 간취한다. 그것은 이 소설의 의도와는 다른 방향에서 엿보게 되는 국가, 혹은 국가주의에 대한 성찰적 물음과 관계한다. 이 소설의 인물들은 국가의 밖, 혹은 국경의 밖에서 어떤 '우연의 필연'에 가까운 인연으로 연대를 모색하는 과정을 통해 높은 신뢰와 사랑으로 새로운 공동체의 삶을 향한 작은 씨앗을 심는 과정을 연출한다. 우리는 그 씨앗, 혹은 가느다란 연대의 끈을 매개하는 과정을 샤르댕이 직시한 '오메가 포인트', 그러니까 '사랑'이라는 인간적 연민으로 해석한다. 상호부조[86]라는 오래된 인간 공동체를 향한 열망을 자본의 성지 런던이라는 화탕지옥 한가운데서 체험하는 과정을 통해 우리는 통일이행기의 문학이 분단체제를 어떻게 넘어서고 있는지를 예리하게 관찰하게 된다. 통일이행기의 전위를 향해있는 몇 뛰어난 한국문학은 분단체제를 넘어 새로운 패러다임의 시대를 여러 형태로 은유함으로써, 분단극복의 가능성을 향해 나아간다. 그렇다면 현단계 핵심 과제는 통일 이후 더 나은 삶과 사회를 위한 체제는 어떤 것이어야 하는가에 대한 고민이 되어야 온당할 것이다.

병영국가(주의)로부터 꼬뮌으로

한국문학의 전위는 현단계 한반도의 생태적 조건이 높은 단계의 엔트로피를 향한 죽임의 문화와 삶으로 비유될 수 있다는 재현을 보여준다. 「파편」과 「가위밑 그림의 음화와 양화」를 통해 재현되는, 경제적 풍요에 반해 분열된 내면과 깊은 증상을 앓고 있는 문제의식의 바탕에 분단체제가 있다. 분단체제는 한반도의 현실을 악성 국가주의의 만연과 세계체제의 일부로서의 왜곡된 자본주의를 조건없이 수용하는 결과로 나타난다. 한국문학의 몇 전위는 이 삶이 분열된 내면의 어떤 증상을 통해 이중구속된 행태로 나타날 수밖에 없는 모습을 정치적 무의식의 퍼포먼스를 통해 재현한다. 분단체제는 분단 효과를 낳았고, 그 열매는 대부분 남북 권력담당층과 주변 열강을 위한 것이 되었다. 그렇다면 높은 엔트로피를 지속하고 있는 분단체제를 극복하는 길은 무엇일까.

우리는 현단계가 분단체제를 넘어서는 통일이행기로 진입하고 있다는 가설을 상정한다. 형식적 분단, 완고한 분단이데올로기의 재생산, 이를 통해 지속적으로 민중 억압과 착취를 재생산하고 있는 현실을 직시하면서도 분단체제로부터 통일이행기로 진입하고 있다는 예감은 사회 전 부면에서 다양한 형태로 진행되고 있음을 확인한다. 그 상징적 표지를 6·15 공동선언이 명시적으로 보여준 바 있다. 이는 물론 소연방의 해체, 독일통일과 동서 이데올로기의 와해라는 외부적 조건의 성숙까지를 포함하여 '87년체제'로 통칭되는 남한의 형식적 민주주의의 성취에 크게 힘입고 있다. 이 가운데 세목적으로 눈여겨보아야 할 것은 특히 6·15선언의 제2항 '낮은 단계의 연방제'와 '연합제' 안이다. 높은 단계의 수사적 밀도와 네겐트로피를 지향하는 이 은유가 우리는 노자의 소국과민과 같은 인식을 공유하고 있다는 판단에 이른다. 소국과민의 정치체제를 위한 바탕이 남한의 경우 지역자치제의 실질적 정착이다. 대체로 부패하고 무능한 현실정치집단과 주민의 무관심으로 위기에 봉착한 지역자치의 부활을 위한 단초를 우리는 생활정치와 정치의 생활화에서 찾아야 할 필요가 있다. 마을꼬뮌이 그 모토가 될 수 있다. 뉴미디어의 출현으로 가능하게 된 새로운 형태의 '직접행동민주주의'를 향한 연대와 마을 공동체 구축 실험이 새로운 정치를 위한 기반이 되어야 한다. 이 과정의 정치는 부패한 전문정치인의 정치로부터 한국정치를 시민의 정치, 민중의 정치를 통한 새로운 내용과 형식의 직접민주제의 정치로 전환시키는 촉매가 될 수 있다.

그런 면에서 분단체제하의 죽임의 삶으로부터 생태적 비전을 향한 패러다임의 변화가 한반도의 생태적 조건으로 주어져 있다. 현단계 한반도의 현실은 엔트로피가 높은 단계를 향하고 있는 위기의 시대이기도 한 것이다. 그렇기 때문에 엔트로피를 네겐트로피로 전환하는 생태적 비전과 지혜의 정치가 요구되는 시간이다.

하나의 질문을 던질 수 있다. 죽임의 삶으로부터 해방되는 네겐트로피의 조건은 무엇일까. 그것은 췌언할 필요도 없이 적대적 공존으로 통칭되는 대결의 정치를 화해와 협력의 공동체 문화로 전환하는 '영구문화혁명'이다. 그 중심에 문학과 생활정치의 한 형태인 마을꼬뮌이 있다. 한국문학의 몇 전위는 분단체제로부터 통일이행기로 나아가고 있는 변화의 징후를 근사하게 포착한다. 분단체제하의 「파편」의 '나'와 통일이행기의 『로기완을 만났다』의 '나' 사이의 거리는 가까우면서도 까마득히 멀다. 후자의 나는 전자의 나의 조카라는 점에서 닮아있으며, 그러나 전자의 증상을 나는 더 이상 징징 짜거나 고통의 과잉 포즈로부터 벗어나 '오메가 포인트'의 어떤 극점까지 나아가봄으로써, 새로운 삶의 실험에 가담하는 과정을 실험하고 있다는 점에서 크게 다르다.

우리는 그 거리, 그 차이를 '사랑의 원리 속에 구현된 어떤 공동체'의 징후로 주장한다. 분단체제의 정치적 무의식에 감염된 '나'의 삶이 그 상흔으로부터 벗어나는 길은 분단체제를 극복하는 과정과 맞물려 있다는 과정의 정치, 과정의 공동체 실험을 '로기완'은 그와 연대하고 있는 사람들을 통해 응시한다. 새로운 정치, 새로운 공동체의 실험, 새로운 미래를 향한 한반도의 삶은 보이지 않는 가운데 다양한 형태로 전 부면에서 맹아하고 있다. 통일이행기 이후의 미래를 설계할 시점이 바로 지금−여기라는 징후를 한국문학의 전위는 충격하고 있는 것이다.

IV.

에필로그

– 동시대 왜 노자인가

잠재성

『관촌수필』을 기억한다. 기억의 형식은 그리움이다. 특별히 책의 발문에서 이문구는 소싯적 소꿉동무였던 '정희 엄마'를 찾아 갔다가 그녀 대신 중학교 졸업반이 된 고인의 유복녀를 보고 '울었다'라고 필기하고 있다. 그러니까 무잡한 30여년의 시간이 흐른 뒤 작가의 기억 안에 포착된 현실과의 간극은 말로 형용하기 어려운 어떤 것이다. 그 알레고리를 압축하는 의성어 '울었다'가 주는 울림은 크고 무겁다. "남의 이야기도 아니고 하여 좀 더 낫게 써보려고 나름으로는 무던히 애쓰"고 있음에도 불구하고, 사실 조각 형태로 꿰맨 8개의 소품들은 관촌의 과거와 현재를 말하는 풍속도 이상도 이하도 아니다. 그

밋밋한 형식에 활력을 불어넣고 온기를 돌게하는 것은 토착어의 숨결과 함께 이 의성어가 주는 기묘한 기시감과 관계한다. 딱히 설명하기 어려운 그것은 강렬한 기억의 앙금으로 남아 삶을 짓누른다. 작가는 그 기억을 회상의 형식으로 재현하는 과정에 "후제 내 자식이나 조카들에게 읽히기 위해 소설이니 문학이니를 떠나 눈물을 지어가며 쓴 고인에 대한 추도문"이라고[87] 주석함으로써 「공산토월」이 문학과 사실 사이, 기억과 역사의 사이, 그리움과 연민의 사이에 존재하는 특별한 양식이 되고 있음을 암시한다.

문학이 기억의 형식, 나아가 창조적 회상의 형식이기를 자처할 때 우리에게 강요하는 것은 그 회상의 특별한 국면에 관한 환기의 동일성이다. 그 드라마가 생명선을 따라 지속적으로 우리의 삶을 자극하는 공감의 영역으로 존재할 수 있다. 비루한 일상을 견디고 나아가게 하는 벡터적 에너지로서의 기억은 앞서 언급한 소월의 경우 그의 시론에서도 암시되듯이 물질적 기표를 넘어 영혼을 울리는 불멸의 시간으로 기록된다.

잔디,

잔디,

금잔듸,

深深山川에 붓는 불은

가신님 무덤가엣 금잔듸.

봄이 왓네 봄빗치 왓네.

버드나무 끝에도 실가지에,

봄빗치 왓네, 봄날이 왓네,

深深山川에도 금잔듸에.

　─「金잔듸」[88]

　알려진 많은 소월의 시가 노래로 불려지고 있지만, 그가
특별히 '소곡小曲'이라고 이름 붙인 이 시의 이미지와 기억은
단연 압권이다. 민족적 정서를 노래하는 데 있어 거의 유일하
고도 탁월한 시심과 그에 버금할만한 천재성을 보여준 소월
의 삶은 고독과 궁핍, 짧은 생애의 요절로 인하여 형용할 수
없는 연민으로 남아 있다. 그래서였을까. 그의 시대적 여건과
그의 삶이 그러했듯이, 그의 시는 자신의 실존적 현실과 시대

적 리얼리티를 여성적 화자라고 부르는 가늘게 이어지는 여린 감수성을 통해 노래함으로써, 그 누구도 도달할 수 없는 깊은 애상의 정조를 드리워준다. 이 시도 몇 번 저작하다 보면, 참 꽃을 한 아름 꺾어 입 안 가득 물고 혹은 이리저리 뛰놀다 지쳐 따스한 봄볕이 쬐는 무덤가에 몸을 뉘고 무거운 눈꺼풀을 들어 하늘을 바라보곤 하던, 물오른 버들가지를 꺾어 피리 불며 송사리를 잡던 그 나른한 봄날의 기억, 혹은 집 뒤 무덤가에서 늦은 낮잠을 깼을 때의 무섭도록 적막한 고요를 기억하는 동무들에게 시인은 무참한 시간의 소모를 하염없이 손짓한다. 불가해한 그 무언의 손짓이 아마도 이문구의 발길을 돌려 세워 정희 엄마를 찾게 한 원동력과 같은 것일 것이다.

그러니까 『관촌수필』에서 이문구의 심미적 기억이 도달한 것은 정희 엄마와의 혹은 그 심심산천에 붙은 불처럼 타오르던 "가신님 무덤가엣 금잔듸"의 어떤 환영이다. 그렇다면 그의 소설(수필)은 퇴행적인가. 우리가 오늘의 노자 읽기를 퇴행이라고 비난하는 범주에서 『관촌수필』은 유사하게 퇴행의 운명에 위치할 수도 있다. 문제는 노자를 사랑에 관한 '사건'으로 받아들일 에너지가 작동할 수 있을 때, 이문구 역시 유사한 사건으로 다가올 수 있다는 것이다. 그것은 정희 엄마에 대한 이문구의 시선이 사랑(에로스)으로부터 출발하여 '자애'의 정조로 변곡점을 그리는 지점에서 생성된다.

사건

우리 시대의 삶이 전면적인 생명의 위기를 전제로 하고 있다
는 예감은 감상이 아니다. 지속적으로 반복·누적되고 있는
정치의 부재는 정치의 복원이 아니라 다른 정치에 대한 열망
으로 모드를 완전히 돌려버리고자 하는 거대한 흐름으로 맹
아한다. 그 흐름을 우리는 생명의 선이라 불러도 좋다. 새로운
생명선을 직시한다. 해방 70년 동안 견고한 성을 쌓듯이 길들
여지고 고착화된 분단체제는 돌이킬 수 없는 단계로 진입하
고 있는 것이다. 그러니까 분단체제와 통일국가 사이의 이행
기를 우리는 현재 살고 있다. 이것은 거대한 사건이다. 의식하
지 못하거나 혹은 외면하는 가운데 슬그머니 일상의 시간 위

에 리트머스처럼 스며든 사건, 우리는 이를 감히 내 안의 혁명이라고 부를 수 있다. 두 개의 뚜렷한 명시적 아젠다를 통해 현단계가 통일이행기임을 증거할 수 있다.

하나, 절반의 실패로 평가되는 지역자치 25년의 실험에 대한 부인할 수 없는 정치적 퇴행과 '미미한' 변화다. 정치인 김대중의 단식투쟁까지 가는 끈질긴 협상을 통해 실질적으로 문을 연 이 실험은 남한의 근대 정치사를 분단체제 이후로 나아가게 하는데 결정적 브릿지 역할을 했다고 평가할 수 있다. 부패, 부조리, 무능, 야합과 반목으로 점철된 훨씬 강한 부정적 평가에도 불구하고 절차적 민주주의와 보다 작은 단위로 분절된 정치적 형식의 변화는 현재진행형의 형태로 주민 의식의 변화, 시민 정치의 변화에 여러 형태로 영향을 끼치고 있으며, 생활의 정치, 과정의 정치를 향해 퇴행과 진화를 거듭하고 있다. 그 진화는 낮은 정치적 수준의 민낯을 노출시킨 채로 남한의 실질적 정치의 분화를 결과하는 방향으로 나아갈 것이다. 우리는 그 궁극이 마을꼬뮌의 어떤 형태로 진화할 수 있기를 소망한다.

둘, 2000년 김대중과 김정일 사이에 각서로 만천하에 선언된 "6 · 15공동선언문"이다. 이 선언을 통해 5개 항으로 명문화된 합의서의 내용이 명시하고 있는 핵심은 지금까지 어떤 문건이나 정치적 실천에서도 엿볼 수 없었던 통일을 향한 구체적 모델과 함께 교류와 공존에 관한 명시적 비전을 보여준다. 그 내용은 대체로 "조국의 평화적 통일을 염원하는 온 겨레의 숭고한 뜻에 따라 대한민국 김대중 대통령과 조선민주주의인민공화국 김정일 국방위원장은 2000년 6월 13일부터 6월 15일까지 평양에서 역사적인 상봉을 하였으며 정상회담을 가졌다. 남북 정상들은 분단 역사상 처음으로 열린 이번 상봉과 회담이 서로 이해를 증진시키고 남북관계를 발전시키며 평화통일을 실현하는 데 중대한 의의를 가진다고 평가하고 다음과 같이 선언한다.

1. 남과 북은 나라의 통일 문제를 그 주인인 우리 민족끼리 서로 힘을 합쳐 자주적으로 해결해 나가기로 하였다.

2. 남과 북은 나라의 통일을 위한 남측의 연합제 안과 북측의 낮은 단계의 연방제 안이 서로 공통성이 있다고 인정하고 앞으로 이 방향에서 통일을 지향시켜 나가기로 하였다.

3. 남과 북은 올해 8·15에 즈음하여 흩어진 가족, 친척 방문단을 교환하며, 비전향 장기수 문제를 해결하는 등 인도적 문제를 조속히 풀어 나가기로 하였다.

4. 남과 북은 경제 협력을 통하여 민족 경제를 균형적으로 발전시키고, 사회, 문화, 체육, 보건, 환경 등 제반 분야의 협력과 교류를 활성화하여 서로의 신뢰를 다져 나가기로 하였다.

5. 남과 북은 이상과 같은 합의 사항을 조속히 실천에 옮기기 위하여 빠른 시일 안에 당국 사이의 대화를 개최하기로 하였다.

우리는 이 합의의 명시를 통하여 실질적으로 진전된 통일의 방향을 위한 화해와 교류를 통한 공존의 감각을 체험할 수 있었다. 그것은 이전의 분단체제하에서는 결코 경험해보지 못한 '사건'의 시간이었다. 돌이켜볼 때 그 사건은 현재진행형이다. 온갖 우여곡절을 거치면서 여러 형태의 반동과 복고가 있긴 하지만, 거시적 시간의 흐름에서 조망하면 이 '사건'의 뚜렷한 기억은 역사적 비전이 될 것임을 의심하지 않는다. 그런데 다른 무엇보다 우리는 특히 2항 남한의 '연합제 안'과 북한의 '낮은 단계의 연방제 안'을 주목하지 않을 수 없는데, 그 것은 이 두 합의를 통해 한반도의 현단계를 통일이행기로 규정할 만한 정치적이며 미학적인 준거를 획득할 수 있기 때문 이다. 서로의 해석의 차이와 근원적인 인식의(불신) 차이를 감안하더라도 이 화두는 궁극적으로 통일로 가기 위한 매개의 단계로도 부족함이 없다.

그러니까 범박하게 회자되는 흡수통일이나 적화통일과 같은 빌미를 완전하게 제거하는 역할까지를 감당할 수 있는 연합제와 연방제는, 특히 북의 '낮은 단계의 연방제'는 그 감각의 정교함과 구체성에서 단연 미학적 울림까지를 거느리고 있는 뛰어난 수사적 표현으로 평가된다. 연합제나 낮은 단계의 연방제로 가기 위한 화해와 교류 협력은 더 많은 시간을 필요로 한다는 것을 그러나 직시할 수 있다. 그렇다면 연합제와 연방제를 위한 중간 단계도 몇 더 필요할 것이라는 예측을 해보게 된다. 남한의 실질적 지역자치의 활착은 이를 위한 매우 중요한 매개가 되며, 북한의 정치적 변화는 쉽게 기대하기 난망한 것이므로, 생활의 변화를 압축되는 경제와 문화의 변화를 위한 다양한 교류와 협력을 선택과 집중의 기획을 통해

진행해 나가는 과제가 우선될 필요를 느낀다. 그러나 이런 저런 주문이나 비전과 상관없이 현단계를 분단체제 이후로 규정하는 데는 별 무리가 없는 것처럼 보인다.

과정으로서의 통일시대 – 통일이행기

통일이행기는 분단체제의 정치를 완전하고도 돌이킬 수 없는
화석화된 유물로 규정할 수 있게 한다. 현재 우리가 앓고 있
는 생명의 위기는 통일이행기를 분단체제의 정치로 환원하려
는 반정치의 현상으로부터 기인한다. 반정치는 죽임의 정치,
분단의 정치, 고착화된 정치, 퇴행의 정치, 반통일의 정치이다.
그것은 온전한 생명의 흐름을 절단함으로써 근본적으로 민중
의 생명을 억압하게 되어 있다. 패러다임의 거시적 축이 통일
이행기로 이동하고 있는 가운데, 그것을 거슬러 가려는 반동
의 정치와 권력의 흐름이 조준하는 것은 결국 분단 고착화다.
　더 암울한 것은 적대적 공존을 통한 분단 효과를 지속적

으로 누리고 있는 권력과 대자본뿐만 아니라, 그것들로부터의 억압과 착취를 경험하고 있는 피지배 계급(층), 피자본 계급에게서도 이 분단 고착화의 정서가 광범위하게 형성돼 있다는 점이며, 더 착잡한 것은 흔히 통일을 외치는 계급(층), 지식인 가운데도 복잡한 이해관계로 인하여 막상 맞닥뜨리면 전혀 생소한 방향으로 선회하는 이중적 민낯의 현실을 왕왕 목도하게 된다는 점이다. 통일은 어렵기도 하지만, 영원히 불가능할지도 모른다는 조롱과 위기가 공존하는 것이 그래서 한반도의 특수한 정서적 현실이다. 그렇기 때문에 통일이행기는 내면의 분열, 일상의 이중구속을 특징으로 할 수밖에 없다. 내면의 분열을 안고 살아가는 이중구속된 삶이 한반도의 현재를 살고 있는 민중의 실체적 진실이다.

이중구속이 분단체제와 그것을 넘어 통일이행기를 사는 시민의 내면을 들여다보는 매개가 될 수 있다. 이에 대한 약간의 설명이 가능하다. 세밀하게 접근하면 이중구속론은 베이트슨의 『마음의 생태학을 위한 단계들』 3장에 집중적으로 개진되고 있는데, 분단체제로부터 통일이행기로 진행하고 있는 과정의 삶과 문화를 설명하는 데 흥미진진한 인문적 자극을 줄 수 있다. 대체로 어떤 특별한 상황에서 두 상반된 메시지meta message가 한 실존에게 주어졌을 때 대부분의 인간은 분열한다. 모순된 두 메시지는 한 인간의 능력과 지혜로는 해결 불가능한 것이다. 분열적 환경에 처한 인간의 심리상태를 우리는 이중구속이라 부를 수 있다. 정신분열증과 이중구속된 인간의 커뮤니케이션 상황을 몇 형태의 가설을 통해 실험하고 논증하는 과정을 거치면서 그가 모형으로 제시하고 있는 것은 첫째, 둘 혹은 그 이상의 사람들, 둘째, 반복되는 경험, 셋째, 부정적 일차 명령 넷, 보다 추상적인 차원에서 일차 명령과 모순되고 일차 명령과 마찬가지로 생존을 위협하는 신호나 처벌에 의해 강요되는 이차 명령, 다섯, 희생자가 현장에서 도망가는 것을 금지하는 부정적인 삼차 명령, 그리하여 여섯, 희생자가 이중구속 패턴으로 자신의 세계를 학습하였을 때 구성 요소의 완전한 세트는 더 이상 필요 없는 것으로 드러난다.

주목되는 것은 이 요소들의 상황에 맞닥뜨렸을 때 나타날 수 있는 반응이다. 그 반응은 하나, 개인이 긴장된 관계에 처해 있을 때, 즉 자신이 어떤 종류의 메시지가 전달되고 있는지를 정확하게 구별해서 적절하게 반응하는 것이 매우 중요하다고 스스로 느끼는 그런 관계에 처해 있을 때, 둘, 관계에서 상대방이 메시지의 두 가지 수준을 표현하고 있는데 하나가 다른 하나를 부정하는 상황에 처해 있을 때, 셋, 어떤 수준의 메시지로 반응해야 하는지에 대한 자신의 구별을 수정하기 위해 표현되는 메시지에 대해 언급하는 것이 불가능한 경우, 즉 메타 커뮤니케이션적 진술을 할 수 없을 때로 요약된다. 이러한 상황은 정상적인 사람이나 사회적 관계에서도 발생할 수 있는데, 대부분의 인간은 이중구속 상황에 처했을 때 정신분열증 환자와 유사한 방식으로 반응한다는[89] 점이다.

이중부정의 언어적 수사를 문학은 높은 단계에서 재현한다. 라캉의 은유와 환유의 변증법이 그러하고, 에로스와 정치적 긴장을 이해하는 매개로서의 노자의 언어가 그 중심에 있다. 높은 단계의 분단체제 언어가 그것에 호응했다. 가령 『장마』(윤흥길)는 분단시대, 혹은 그 체제가 완성한 미학의 정점을 보여주는 텍스트 중 하나로 손색이 없다. 유년기 체험 세대로 통칭되는 작가의 시선은 6·25를 유년기적 시선으로 호출해냄으로써, 그리고 그것이 현재 우리의 삶을 어떻게 위요하고 있는지를 충격함으로써 높은 단계의 시대정신을 간취한다. 국군 외아들을 둔 외할머니와 '빨갱이' 아들을 가진 할머니의 대립적 긴장과 갈등을 지켜보는 '나'를 통해 전개되는 이 소설의 미덕은 이념이 삶과 뒤엉켜 생활의 차원에서 응시되고 있다는 점이며, 무엇보다 유년기 작가의 눈으로 전쟁을 재해석하는 단계에 이르러 극에 달한다.

작가는 강력한 타자인 두 노인(권력) 사이에 끼인 존재로서의 '나'의 눈을 통해 이 전쟁이 가족을 어떻게 해체하고 세속적 차원의 삶을 파괴하며, 마침내 분단의 고착화가 어떻게 우리의 삶을 변화시킬 것인지를 풍속적 묘사를 통해 핍진하게 그려낸다. 그 재현의 이중구속적 커뮤니케이션으로 작동하고 있는 것이 "외삼촌이 존냐, 친삼촌이 존냐?"라는[00] 외할머니의 곤혹스런(/분열적) 질문이다. 정황상 그 질문은 질문이 아니라 '나'에게 가하는 무언의 협박이자, 동시에 간절한 호소이다. 그것은 강력한 또 다른 타자 할머니를 전제로 하는 어떤 것이기 때문이다. 우리는 여기서 이중구속된 나의 내면, 분열하는 나의 내면, 분단체제에 억압된 나의 내면, 영악하게 세속화돼가는 나의 내면, 그러나 생태적으로 생명적 본능을 기민하게 작동하게 되는 나의 내면을 유추해내는 데까지 나아갈 수 있다. 가족 해체와 훼손된 자유는 분열된 실존이 현실에서의 생존을 위해 이중구속될 수밖에 없는 정신적 증상을 다시 내면화하게 된다.

누적된 증상의 내면을 안고 살아낸 분단체제의 삶은 그러므로 엄격히 말하면 반생명의 삶이다. 누가 반생명의 삶을 강요하는가. 우리가 지금-여기에서 다시 던지게 되는 가혹한 질문은 분단체제를 견고하게 고착화시키는 원인과 과정을 응시하지 않을 수 없다는 것이다. 우리는 그 응시를 이중구속적 지혜를 통해 수행함으로써 새로운 시대의 언어와 미학을 획득할 수 있다.

노자 - 에로스

통일이행기의 삶을 함께 고민하고 넘어서기 위한 준거를 노자의 담론을 통해 간취할 수 있다. 노자의 사랑학은 플라톤의 에로스를 감싸면서 그것을 넘어서는 비전을 포괄하고 있다. 그것은 그의 사랑이 자애를 매개로 정치적 실천으로 질적 확산을 감행하고 있기 때문이다. 우리는 동시대의 벌거벗은 삶을 위로할 사랑의 실천을 간절히 소망한다. 사랑이란 무엇인가. 그것은 서로를 끌어당기는 에너지를 말한다. 영화 〈자유의 언덕〉의 청춘은 사랑 때문에 비루한 현실의 벽과 언어의 장애를 뛰어넘어 어떤 잠재태의 형태로 미래를 기약하게 된다. 노자가 '미명'이라고 부른 결핍으로서의 그것은 불안과 초조를 내재한 채로 '-되기'의 에너지를 잉태하게 된다. 그 에너지가 사랑임을 우리는 노자 텍스트를 통해 직감한다. 사랑 자체가 생명현상의 궁극적 진리임을 간파한 그는 '현빈지문'을 (6장) 통해 여성성이 왜 남성지배구조의 언어와 사유를 다스리는 모티브가 될 수 있는지를 암유한다. 그것은 여성 자체가 아니라 여성성으로 은유되는 부드러움, 현묘함, 생명력, 사랑과 자애로 함의되는 궁극적 평화와 진리에 이르는 삶의 실천때문이다.

사랑이 인간다운 삶을 가능하게 하는 매개가 될 수 있다. 우리는 노자 사랑학의 최종심급을 '사랑의 원리 속에 구현된 공동체'로서의 소국과민으로 상정해볼 수 있다. 『도덕경』을 지배하는 핵심어를 에로스와 정치라고 할 때 양자는 하나의 원리 속에 이중구속돼 있다. 이중구속은 높은 단계의 언어적 은유를 바탕으로 한다. 그리고 그 은유적 언어를 매개하는것은 사랑이다. 사랑의 언어가 세속적 정치의 한계를 초월하는 힘을 내재하고 있다는 것은 진리다.

진리가 미학적 차원에서 어떻게 질적, 확산할 수 있는지를 『회색인』에서 엿볼 수 있다. 이 소설은 최인훈의 대표작이

라 할 만큼 그의 정치적 미학을 가장 순도 높게 구현한다. 그
것은 식민지와 분단으로 이어진 한국 민주주의에 대한 근본
적인 문제를 들춰내 가장 높은 단계에서 치열하게 논쟁하는
김학과 독고준의 사변을 통해 구체화된다. 그 싸움의 길고 가
느다란 통로가 어둠의 끝에서 미명의 잠재태로 독고준이 간
취한 사랑이다. 그 사랑이 공동체의 삶을 지속하게 하는 힘이
될 수 있다. 우리는 노자의 소국과민이 마을 꼬뮌과 유사한
형태로 진화하거나 질적 확산을 꾀할 수 있다는 심증을 버릴
수 없다.

말하자면 절반의 실패로 위기에 직면한 남한의 지역자
치제의 궁극적 목표를 살아있는 마을 공동체라고 상정할 때,
통일이행기의 일상을 살아가는 민중의 어깨는 고통스럽고 버
겁다. 상존하는 위기와 불안은 피로를 누적시킨다. 갈등과 분
열이 되풀이되며, 닫힌 비전은 분단체제로의 퇴행을 지속적으
로 유혹한다. 이 부정할 수 없는 현실 앞에 노자적 사랑과 정
치적 프레임은 공허하고 궁극적으로 왜소하다. 희생과 지혜
가 요구되지만, 현실이 그럴만한 여유와 시간을 허락하지 않
는다. 냉정하게 응시하면 이 어둡고 절망적인 시간 앞에 우리

는 서 있는 것이다. 역설적이게도 그 어둡고 긴 절망의 시간과 상황이 노자의 언어를 불러내게 한다. 노자의 언어는 고통과 절망을 회피하는 것이 아니라 다른 언어로 사유할 것을 권유한다.

그 자발적 에너지의 밑자리에 사랑이 있다. 그런데, 그 사랑이 내 안의 나를 보게 하고 우리를 생각하게 하며 공동체와 더 나은 국가의 정치를 사유하게 한다. 노자의 에로스가 로고스를 향한 호소로 나아갈 때, 우리는 "알지 못하는 것을 아는 것이 선"이라는(71장) 에토스와 만나게 되는 것이다. '반성하는 의식'은 사랑의 에너지와 동전의 양면이다. "반성이란 그 말이 가리키는 대로 우리 자신에게로 돌아가는 의식의 힘"이다. 다시 말해 "우리 자신을 '대상으로' 놓고 자신의 존재와 가치를 헤아리는 능력이다. 그러므로 반성은 단지 아는 게 아니라 자신을 아는 것이요, 그냥 아는 게 아니라 안다는 것을 아는 것"이다. 이는 최초의 인간이 우주와 지구로부터 다른 여타의 존재들과 더불어 진화를 거듭해오는 과정에서 차별화되는 특별한 생명활동이다.

우주와 지구 생명의 첫 출현을 샤르댕은 세포의 혁명으

로 개념화하고 있는데, 노자식으로 비유하면 '천지지시天地之始'로 표현되는 그 세포혁명의 밖은 복잡화의 증가와 함께 다양한 생명적 요소들의 서로 닮음이, 혁명의 안(그러니까 의식, 혹은 마음)으로는 의식(얼)의 증대가 함께 일어나면서, "얼의 변화에 세포조직이 발견되었다는 것"은 결코 우연이 아니다. 다시 말해 "물질의 종합 상태가 증가하면서 그와 함께 의식도 증가하"는데, 이를 부연하면 "바깥으로는 새로운 형태의 미립자 집합이 이루어져 다양한 크기의 무한한 물체가 더욱 유연하고 농축된 조직을 형성하"고 "안으로는 새로운 형태의 활동 곧 의식의 움직임이" 나타난다. 이처럼 "분자에서 세포로 옮겨가는 것 곧 생명의 발걸음을 우리는 이중변회로 설명할 수 있"다. 그런데 그런 변화의 결과는 무엇인가? 우리는 그것을 "자연에 발생한 물리학 사실이나 천문학 사실만큼이나 뚜렷하게 읽을 수 있다. 자기에게로 돌아가는 반성하는 존재, 그는 곧 새로운 세계로 뻗어나갈 수 있게 된다. 다른 세상이 탄생한 것이다. 추상화, 논리, 선택, 발명, 수학, 예술, 공간과 시간의 측정, 불안, 사랑의 꿈…. 이 모든 것이 자신을 향해 새로 이룩된 중심의 들끓음 바로 거기서 나오는" 것이다. 사랑이 중요한 것은 그것이 생명현상의 가장 고귀한 진화의 본질에 가깝기 때문이다. 그래서 "만일 아주 미약하나마 분자에게도 서로 하나가 되려는 욕구가 없었다면 높은 단계인 인간에게서 사랑이 나타나는 것은 물리적으로 불가능하다. 우리에게 사랑이 있다고 하려면 존재하는 것에는 모두 사랑이 있다고 해야 한다. 우리 둘레에서 수렴하며 올라가는 의식들 어디에도 사랑은 빠지지 않는다… 사랑의 힘으로 세상의 조각들이 모여 생명을 이룬다. 우주의 샘과 같은 그 힘을 느껴보려면 사물의 안으로 들어가 보면 된다. 거기에는 끌어당기는 의식이 있기 때문"이다.

그 마음 혹은 의식이 새로운 삶, '내 안의 혁명'을 가능하게 하는 힘이다. 노자의 담론은 오늘-여기의 삶과 정치로부터 '내 안의 혁명'을 추동하고 더 나아가게 한다. 우리가 그를 생명의 철학이라고 부르는 이유이다. 통일이행기의 삶과 문화를 가로지르는 모티브가 노자의 언어에 있는 것처럼 보인다.

미주

1) 道德經(王弼, 老子注, 四庫全書, 臺北, 商務印書館), 55章, 精之 至也, 終日號而不嗄, 和之至也.

2) 질 들뢰즈·펠릭스 가타리,『천 개의 고원』(김재인 역, 새물결) 593.

3) Seymour Chatman, *Story and Discourse: Narrative Structure in Fiction and Film*, cornell Univ Press, 1980. pp. 203~207.

4)『천개의 고원』. 454.

5) Seymour Chatman, *Story and Discourse*. p. 307

6)『開闢』文藝篇(通卷 59號), 1925. 5. 11.

7) "아가페는 에로스다." 허버트 마르쿠제,『에로스와 문명』(김인환 역, 나남, 2004) 256면.

8) 롤랑 바르트,『사랑의 단상』(김희영 역, 문학과지성사. 1991) 101.

9) 향연은 우리가 흔히 아는 symposion의 번역어이며, 흔히 학술 행사적 성격을 띠고 있지만, 원래는 술 마시고 잡다한 객담(고 담준론)을 나눈다는 의미로 사용된다.

10) 플라톤,『향연』(강철웅 역, 이제이북스. 2010) 70.

11) 道德經 6章. 谷神不死, 是爲玄牝. 玄牝之門, 是謂天地根. 綿綿
   若存, 用之不勤.

12) 道德經 55章. 含德之厚, 比於赤子. 蜂蠆虺蛇不螫, 猛獸不據, 攫
   鳥不搏. 骨弱筋柔而握固, 未知牝牡之合而全作, 精之至也, 終
   日號而不嘎, 和之至也.知和曰常, 知常曰明, 益生曰祥, 心使氣曰
   强, 物壯則老. 謂之不道, 不道早已.

13) '상호텍스트성'은 흔히 포스트 근대 이후의 예술적 기법(가령,
   페스티쉬나 오마주, 혹은 메타픽션 같은)으로 이해된다. 혹은
   상호 존중이나 존경의 관계성에서 기인하는 영향관계로 묘사
   되기도 하는데, 여기서는 단순한 양자의 영향관계가 아닌 세계
   와 사물에 대한 본질적 인식의 관계성, 겹침의 양태를 포괄하
   는 의미의 확장을 시도했다.

14) Platon, *Symposion*. 98~103.

15) "섬섬"(纖纖)에 대한 더 진전된 해석은, 아가톤이 말하는 에로
   스란 "가장 여리고 가냘프며 섬세한 인간의 영혼을 감싸고, 그
   영혼 속에 살기" 때문에 그렇다는 것이다. "섬섬"에 대한 언어
   적 감각과 형식을 엿볼 수 있는 묘사에서 우리는 아가톤, 나
   아가 플라톤의 수사적 감각과 섬세함의 정도를 엿볼 수 있다.

16) Gregory Bateson, *Steps to an ecology mind*, chicago: Univ
   of Chicago Press, 2000. pp. 271~273.

17) Platon, *Symposion*. 131.

18) Donald P Spence, *Narrative truth and Historical truth*, New york, W. W. Norton, 1987. p. 27

19) 부르스 핑크, 『라깡의 주체』(이성민 역, 도서출판 b, 2010) 32.

20) 플롯은 러시아 형식주의자들의 텍스트 형식에 대한 이해를 변용한 것으로 더 미시적으로는 파블라fable와 슈제sujet로 대분되며, 그 각각의 역할을 분할하는 키워드는 시간과 분석자의 주체적 서사전략이다.

21) 테야르 드 샤르댕, 『인간현상』(양명수 역, 한길사, 1997) 93~246.

22) 최인훈, 『회색인』(문학과지성사, 2008) 366.

23) C. 더글러스 러미스, 『간디의 '위험한' 평화헌법』(김종철 역, 녹색평론사, 2014) 62~165.

24) 전명산, 『국가에서 마을로』(갈무리, 2013) 47~121.

25) 조르조 아감벤, 『호모 사케르』(박진우 역, 새물결, 2008) 215.

26) 에드워드 사이드, 『인문주의와 민주적 비판』(김정하 역, 마티, 2008) 51.

27) 알프레드 노스 화이트헤드, 『이성의 기능』(김용옥 역, 통나무, 1998) 35.

28) 자크 라캉, 『자크 라캉 세미나 11-정신분석의 네 가지 근본 개념』(맹정현·이수련 역, 새물결, 2008) 44.

29) 같은 책, 48.

30) 르네 지라르, 『낭만적 거짓과 소설적 진실』(김치수·송의경 역,

한길사. 2001) 137.

31) 부르스 핑크, 『라깡의 주체』(이성민 역, 도서출판 b, 2010) 160.

32) 자크 라캉, 『자크 라캉 세미나11−정신분석의 네 가지 근본 개념』(맹정현·이수련 역, 새물결, 2008) 133.

33) 신철하, 「욕망의 형식으로서의 영화」, 『어문논집』 52호, 2012, 395면

34) 道德經, 2章.

35) 머레이 북친, 『사회생태론의 철학』(문순홍 역, 솔, 1997) 37.

36) 라이너 그룬트만, 『마르크스주의와 생태학』, (박만준·반준건 역, 동녘, 1994) 84쪽에서 재인용.

37) 같은 책 130.

38) 道德經, 25章. 人法地, 地法天, 天法道, 道法自然…

39) 오상무, 「『老子』의 自然개념 論考」, 『철학연구』 82집, 철학연구회, 2008, 19.

40) 道德經, 64章. 爲者敗之, 執者失之, 是以聖人無爲, 故無敗 … 是以聖人欲不欲, 不貴難得之貨, 學不學, 復衆人之所過, 以輔萬物之自然, 而不敢爲

41) 표트르 A. 크로포트킨, 『만물은 서로 돕는다』(김영범 역, 르네상스, 2005) 23.

42) 테야르 드 샤르댕, 『인간현상』(양명수 역, 한길사, 1997) 52·59.

43) 앙리 르페브르, 『현대세계의 일상성』(박정자 역, 세계일보사.

1990) 268.

44) 말콤 그래드웰, 『티핑 포인트』(임옥희 역, 21세기북스, 2004) 178쪽에서 재인용.

45) 전명산, 『국가에서 마을로』(갈무리, 2013) 49~121.

46) 신철하, 「이중구속의 생태적 함의」, 『현대문학연구』 42집, 한국 현대문학회, 2014, 263.

47) Gregory Bateson, *Steps to an ecology mind*. 271~273.

48) 부르스 핑크, 『라깡의 주체』(이성민 역, 도서출판 b, 2010) 32.

49) 자크 데리다, 『그라마톨로지』(김성도 역, 민음사. 2010) 147.

50) 김형효, 『데리다와 老莊의 독법』, 한국정신문화연구원, 1994. 17~36쪽 이곳저곳 인용.

51) 테야르 드 샤르댕, 『인간현상』(양명수 역, 한길사, 1997) 52, 59. 245~252.

52) 김용옥, 『노자와 21세기』(통나무, 1999) 189.

53) 부르스 커밍스, 「70년간의 위기와 오늘의 세계정치」, 『창작과비 평』, 창작과비평사, 1995. 74.

54) 신철하, 「이중구속의 생태적 함의」, 『현대문학연구』 42집, 한국 현대문학회, 2014. 274.

55) 최항섭, 「노마디즘의 이해」, 『사회와 이론』 12집, 한국이론사회 학회. 2008. 177.

56) 질 들뢰즈, 『차이와 반복』(김상환 역, 민음사, 2004) 104.

57) 질 들뢰즈·펠랙스 가타리, 『천개의 고원』(김재인 역, 새물결. 2001) 48.

58) 한국인 팬이 창작한 영문 팬픽 『이브의 딸들The Daughters of Eve』은 영화 〈인셉션〉(2010)의 여성 캐릭터 '맬'Mal을 초점 화자로 다시 쓴 팬소설이다.

59) 김다혜, 「미디어 팬 소설, 텍스트 밀렵과 브리콜라주의 세계」, 『문학과사회』, 문학과지성사, 2012, 239.

60) 김무경, 「소집단과 네트워크 형성기제로서의 "비밀"」, 『동아연구』 39호, 서강대 동아연구소, 2000, 239.

61) C. 더글러스 러미스, 『간디의 '위험한' 평화헌법』(김종철 역, 녹색평론사, 2014) 62~73.

62) 같은 책, 77쪽에서 재인용.

63) 같은 책, 150~165.

64) '분단체제' '분단체제론'에 대한 개념, 인식의 공유는 『분단체제 변혁의 공부길』(백낙청, 창작과비평사, 1994). '분단효과'와 관련해선 「분단체제와 분단효과」(김병로) 『통일문제연구』 59호, 평화문제연구소, 2013.

65) 신철하, 「'이중구속'의 생태적 함의」, 『현대문학연구』 42집, 한국현대문학회. 2014. 264. '통일이행기' '이중구속'은 이 글에 따름.

66) 제레미 리프킨, 『엔트로피』(이창의 역, 세종연구원, 2000) 62.

67) 에르빈 슈뢰딩거, 『생명이란 무엇인가』(서인석·황상익 역, 한

울, 2001) 151.

68) 장회익,『삶과 온생명』(솔, 1998) 190.

69) 테야르 드 샤르댕,『인간현상』(양명수 역, 한길사, 1997) 52, 59.

70) 같은 책, 245~252.

71) 신철하,「어떤 아나키」,『한민족문화연구』35집, 한민족문화학
    회, 2010. 257. 분단체제에 갇힌 '독고준'(『회색인』)으로부터 바
    로 이 사랑의 맹아를 발견한다.

72) 부르스 핑크,『라깡의 주체』(이성민 역, 도서출판 b, 2010) 32.

73) 崔濟愚, 東經大全, 癸未仲夏慶州開刊(影印), 論學文. "本呪文
    侍天主 造化定 永世不忘 萬事知"

74) 부르스 핑크,『라깡의 주체』(이성민 역, 도서출판 b, 2010) 32.

75) 김병로,「분단체제와 분단효과」,『통일문제연구』59호, 평화문
    제연구소, 2013, 88, 91.

76) 백낙청,『분단체제 변혁의 공부길』(창작과비평사, 1994)

77) 김용해,「한반도 분단체제와 그 극복」,『사회와철학』23집, 사
    회와철학연구회, 2012. 68.

78) 부르스 커밍스,「70년간의 위기와 오늘의 세계정치」,『창작과비
    평』, 창작과비평사, 1995. 74.

79) 김용해,「한반도의 분단체제와 그 극복」, 70.

80) 이동하,「파편」,『한국문학』, 1982. 06. 142.

81) 이청준,「전짓불 앞의 방백」,『가위밑 그림의 음화와 양화』(열림

원, 1999) 42.

82) http://terms.naver.com/entry.nhn?docId=1200408&cid=409
42&categoryId=31752

83) 앙리 르페브르, 『현대세계의 일상성』(박정자 역, 세계일보사.
1990) 268. "특히 국가의소멸은 여전히 목표이며 의미이다" "혁
명이 어려워지고, 또 혁명이 다른 차원으로 물러서고 있는 때
에, 이 문화의 차원이 눈에 띄었다."

84) 전명산, 『국가에서 마을로』(갈무리, 2012) 57~120. 특히 '인터
넷 마을'에서 기술하고 있는, '구술문화의 복원, 중첩된 공간,
사생활의 부재, 다시 사람이 곧 미디어, 실시간 민주주의로 인
한 직접 민주제의 복원'으로 집약되는 마을의 귀환을 새로운
미래사회의 가치와 비전으로 제시하고 있는 부분. 그 정치결사
체, 혹은 국가체제의 궁극은 '소국과민'이다.

85) 신철하, 「「바리데기」, 해석적 모험」, 『한국학연구』 30집, 고려대
한국학연구소, 2009. 208.

86) 표트르 A. 크로포트킨, 『만물은 서로 돕는다』(김영범 역 르네상
스, 2005) 34.

87) 이문구, 『관촌수필』(문학과지성사. 1977) 380.

88) 김종욱편, 『김소월 전집』 상(홍성사, 1982) 619.

89) Gregory Bateson, *Steps to an ecology mind*. 271~273.

90) 윤흥길, 『장마』(민음사, 1980) 51.

참고문헌

金學主, 老子, 明文堂, 1977

盧台俊, 道德經, 弘新文化社, 1976

朴世堂, 道德經 註解, 太學社, 1979

王弼, 老子注, 四庫全書, 臺北, 商務印書館

王弼/임채우, 老子註, 한길사, 2005

오강남 풀이, 道德經, 玄岩社, 1995

禹玄民, 老子, 博英社, 1981

黃秉國, 老子 道德經, 凡友社, 1988

焦竑, 老子翼, 臺北, 廣文書局, 1982

河上公, 老子道德經河上公章句 , 北京, 中華書局, 1993

김다혜, 「미디어팬소설, 텍스트 밀렵과 브리콜라주의 세계」, 『문학
    과사회』, 문학과지성사, 2012

김무경, 「소집단과 네트워크 형성기제로서의 "비밀"」, 『동아연구』 39
    호, 서강대 동아연구소, 2000

김병로, 「분단체제와 분단효과」, 『통일문제연구』 59호, 평화문제연
    구소, 2013

김용해,「한반도 분단체제와 그 극복」,『사회와철학』23집, 사회와
    철학연구회, 2012.

김용옥,『노자와 21세기』, 통나무, 1999

김종욱 편,『원본 소월전집』, 홍성사, 1982

김형효,『데리다와 노장의 독법』, 한국정신문화연구원, 1994

롤랑 바르트/김희영 역,『사랑의 단상』, 문학과지성사, 1991

마르틴 하이데거/이기상 역,『존재와 시간』, 까치, 1997

막스베버/박성수 역,『프로테스탄티즘의 윤리와 자본주의 정신』,
    문예출판사, 1988

마르크스코뮤날레 조직위원회 엮음,『다른 삶은 가능한가』, 한울아
    카데미, 2015

부르스 핑크/이성민 역,『라캉의 주체』, b. 2010

부르스 커밍스,「70년간의 위기와 오늘의 세계정치」,『창작과비평』,
    창작과비평사, 1995

신철하,「인문적인 것에 대하여」,『한민족문화연구』52집, 2015

_____,「도와 이중구속」,『국어국문학』169호, 2014

_____,「문학과 엔트로피」,『한민족문화연구』47집, 2014

_____,「이중구속의 생태적 함의」,『한국현대문학연구』42집, 2014

_____,「어떤 아나키 (II)」,『한국현대문학연구』35집, 2011

_____,「어떤 아나키」,『한민족문화연구』35집, 2010

_____,「바리데기, 해석적 모험」,『한국학연구』30집, 2009

_____,「사회생태적 관점에서의 아나키」,『비평문학』28집, 2008

_____,「비평과 생태학적 비평」,『상허학보』21집, 2007

_____,「한국 현대문학의 생태학적 고찰」,『상허학보』16집, 2006

_____,「문학생태학의 미학적 과제」,『한국언어문학』51집, 2003

앙드레 고르/임희근·정혜용 역,『에콜로지카』, 생각의나무, 2008

앙리 르페브르/박정자 역,『현대세계의 일상성』, 세계일보사, 1990

엘빈 슈뢰딩거/서인석 외 역,『생명이란 무엇인가』, 한울, 1992

오상무,「『老子』의 自然개념 論考」, 철학연구 82집, 철학연구회, 2000

윤홍길,『장마』, 민음사, 1980

이동하,『파편』,『한국문학』, 1982. 06.

이문구,『관촌수필』, 문학과지성사, 1977

이청준,『가위밑 그림의 음화와 양화』, 열림원, 1999

자크 데리다/김성도 역,『그라마톨로지』, 민음사, 2010

장회익,『삶과 온생명』, 솔, 1998

전명산,『국가에서 마을로』, 갈무리, 2012

조르조 아감벤/박진우 역,『호모사케르』, 새물결, 2008

질 들뢰즈·펠릭스 가타리/조한경 역,『소수집단의 문학을 위하여』, 1992

질 들뢰즈/김재인 역,『베르그송주의』, 문학과지성사, 1996

질 들뢰즈·펠릭스 가타리/김재인 역,『천개의 고원』, 새물결, 2001

질 들뢰즈/김상환 역,『차이와 반복』, 민음사, 2004

질 들뢰즈·펠릭스 가타리/김재인 역,『안티 오이디푸스』, 민음사,
    2015

최인훈,『회색인』(최인훈전집 2), 문학과지성사, 2008

崔濟愚, 東經大全, 癸未仲夏慶州開刊(影印)

최진석,『노자의 목소리로 듣는 도덕경』, 소나무, 2012

테야르 드 샤르댕/양명수 역,『인간현상』, 한길사, 1997

플라톤/강철웅 역,『향연』, 이제이북스, 2010

플라톤/박종현 역,『국가』, 서광사, 1997

허버트 마르쿠제/김인환 역,『에로스와 문명』, 나남, 2004

알프레드. N. 화이트헤드/김용옥 역,『이성의 기능』, 통나무, 1998

C. 더글러스 러미스/김종철 역,『간디의 위험한 평화헌법』, 녹색평
    론사, 2014

Donald P Spence, *Narrative truth and Historical truth*, New
    york, W. W. Norton, 1987

Gregory Bateson, *Steps to an ecology mind*, chicago: Univ of
    Chicago Press, 2000

Herman Melville/공진호 역,『필경사 바틀비』, 문학동네, 2011

P. A. 크로포트킨/김영범 역,『만물은 서로 돕는다』, 르네상스,
    2005